F. F. Finke

Ein Weihnachtsmärlein

Volksstück in vier Aufzügen

F. F. Finke

Ein Weihnachtsmärlein
Volksstück in vier Aufzügen

ISBN/EAN: 9783743382961

Hergestellt in Europa, USA, Kanada, Australien, Japan

Cover: Foto ©Andreas Hilbeck / pixelio.de

Manufactured and distributed by brebook publishing software (www.brebook.com)

F. F. Finke

Ein Weihnachtsmärlein

Ein Weihnachtsmärlein.

Volksstück in vier Aufzügen

Rudolf Christoph Jenny

nach einer Idee vom Kunstmaler **Karl Krattner**

Musik von **Fidelio Finke**.

Manuscript.

Alle Rechte vorbehalten.

Verlag von A. Entsch, Berlin.
Druck von B. Hornung, Wien.

Den Bühnen und Vereinen gegenüber als Manuskript gedruckt. Sowohl Aufführungs- als Nachdrucks- und Uebersetzungsrecht vorbehalten. Für sämmtliche Bühnen im ausschließlichen Debit von A. Entsch in Berlin, von welchem allein das Aufführungsrecht zu erwerben ist. Für Oesterreich-Ungarn ist das Recht der Aufführung durch Dr. O. F. Eirich in Wien zu erwerben.

Dem Herrn Universitäts-Professor

D.r August Sauer

als ein Zeichen

inniger Verehrung und Dankbarkeit

von

Rudolf Christoph Jenny.

Personen.

Christian Voglhuber, Decorationsmaler.
Brigitta, seine Haushälterin.
Hedwig, seine Nichte.
Anderl, sein Gehilfe.
Baron Traunsteiner.
Leonhard, sein Sohn.
Helene, seine Tochter.
Ein Diener.
Ein Priester.
Ein Kirchendiener.
1. Handwerksbursch.
2. Handwerksbursch.
Ein Straßen-Passant.
Ein Laufbursche.

Ort der Handlung: Ein Vorort von Wien.
Zeit: 24. December 1896.

1. Act.

Vogelhuber's Wohnzimmer. In der Ecke links rückwärts ein großer, grüner Kachelofen mit einem rothangestrichenen Geländer ringsherum zum Trocknen der Wäsche, oben drüber eine Brücke nach Art der bäuerlichen Himmelbetten, unten herum feste Holzbänke. In der linken Coulissenwand eine Thür, die auf den Flur und in die Küche führt. Am Thürpfosten ein kleines, irdenes Wandgefäß mit Weihbrunnen. Oberhalb der Thür ein Haussegen mit der Inschrift: Gott segne Deinen Ein= und Ausgang. In der Mitte der Wand zwischen Thür und Proscenium ein buntes Ecce Homo- und ein Marien= bild, unter jedem je eine Portrait-Silhouette. Links vorne ein großer viereckiger Familientisch aus Eichenholz mit schweren gedrechselten und nach unten und auswärts divergierenden Beinen, die mit einem sogenannten „Vergeltsgott" nahe dem Fußboden verbunden sind. Um den Tisch herum altdeutsche, schwere Stühle mit herzförmigen Ausschnitten in der Mitte der vollen Holzlehnen. In der Mitte der rechten Coulissenwand ein kleines niedriges Fenster, vollgefüllt mit Topfblumen, Rosmarin, Fuchsien, Rosenstöcken ꝛc. Zu beiden Seiten wieder bunte Heiligen=Bilder. Vor dem Fenster eine Nähmaschine. In der abgestumpften Ecke rechts rückwärts ein in die Gasse hinaus vorspringendes, dreitheiliges Erkerfenster mit Butzen= scheiben und bunt blühenden Topfblumen und Schlingpflanzen, die das Fenster völlig umrahmen. Ganz oben in den Fenster= nischen zwei einander gegenüber liegende Vogelbauer, be= völkert mit allerlei einheimischen Singvögeln. Rechts vom Erkerfenster an der rechten Coulissenwand eine alterthümliche Commode mit geschlossenem, eingelegten Rundpult und orna= mental verzierten Schlüssellöchern. Oben auf dem schmalen Kopfende moderne Photographien in stehenden Holzrahmen. In der Mitte ein überhandgroßes Kruzifix aus Goldglas unter einem Glassturz. Links vom Erkerfenster ein Glaskasten, vollgefüllt mit allerlei geschliffenen Gläsern, bunten Kaffee= schalen, Bierkrügen mit hohen Zinndeckeln und anderen Krimskrams, wie Fruchtimitationen aus Wachs, Stearin und Seife, zierliche Nadelkissen und was dergleichen Sachen mehr sind. Rechts vorne an der Wand eine niedrige, buntbemalte Kleidertruhe mit reichem, ornamentalen Beschläg und Schloß. In der Mitte des Hintergrundes eine breite, doppelflügelige Glasthür. Zu beiden Seiten dicht daran anschließend und nur durch die Thürpfosten getrennt, wieder Fenster, so daß man den Blick in die anstoßende Werkstatt Vogelhubers völlig frei hat. Rechts zwischen Glasthür und Erkerfenster oberhalb des Glasschrankes ein Wandkruzifix, mit großen, von den Händen des Gekreuzigten herabhängenden, blauen Weintrauben. Hinter dem Kruzifix kreuzen sich ein Palm und ein Oelzweig. An den Füßen des Gekreuzigten hängen drei große gelbe Kukuruzkolben. Zwischen Thür und Ofen eine alterthümliche Pendeluhr mit buntbemaltem Zifferblatt und der Inschrift: So flieht die Zeit — zur Ewigkeit. An den beinahe fingerdicken Stricken hängen große, schwere Bleigewichte. Von der Mitte der Zimmerdecke herab hängt an einer Schnur, die über eine Rolle läuft und an einer Säule der Ofenbrücke befestigt ist, eine Petroleumlampe mit einem flachen, breiten Blechschirm. Das Erkerfenster gewährt dem Zuschauer einen Blick in eine enge, krumme Gasse, die im Hintergrund in einen stumpfen Winkel, der von einer Gaslaterne beleuchtet ist, ausläuft und sich nach rechts rückwärts verliert. Die Uhr im Zimmer zeigt halb vier, ein Block-Kalender den 24. December 1896. Die grauen Schatten der Abenddämmerung fallen durchs Fenster, vereinzelnde große Schneeflocken wirbeln vom wolkigen Himmel herab. Spärliche Straßen-Passanten eilen mit Paketen beladen heimwärts.

---

1. Scene.

Voglhuber

(ein angehender Fünfziger, graumelirtes Haar und Bart mit ausrasirtem Kinn, trägt buntgestreifte Hosen, einen braunen Gehrock und eine Sammtweste mit eingewirkten kleinen Rosen. Ein altväterischer Hemdkragen mit breiter, schwarzer Halsbinde und ein hoher Cylinder mit schmaler Krempe vervollständigen die Erscheinung eines Meisters aus der Zunftzeit. In Haltung und Sprache behäbig und leutselig. Indem er eine halbfertige Firmatafel neben den Ofen an die Wand lehnt).

Daß Du mir das Weihnachtsstrizl nicht verbrennst, Brigitta!

Brigitta

sitzt auf der Ofenbank und reibt Kaffee. Starke Sechzigerin trägt weite, bauschige, fußfreie Röcke und eine geblumte, enganliegende Hausjacke. Ihr Haar ist völlig weiß; das unter dem Kinn geknüpfte Kopftuch hängt ihr wie zurückgestreift um Schultern und Nacken).

I, wo denn! Wie werd ich denn — und gar heute? Es ist gerade das Fünfzigste, das ich in diesem Haus an diesem Tage backe.

Voglhuber.

Also das goldene Jubiläumsstrizl, das den andern 49 wohlgerathenen gewissermaßen die Krone aufsetzen soll?

Brigitta.

Zu dienen, Herr Meister. Jawohl, das Fünfzigste.

Voglhuber.

Gut, daß Du mich erinnert hast, Brigitta. I hätt ganz darauf vergessen. Na ja, i war ja damals noch kaum recht auf der buckleten Welt und hab noch weniger Zähn' ghabt wie heut. — Gut, daß ich's weiß. Das muß heute gefeiert werden, ganz besonders gefeiert werden. Heut muß die heilige Nacht überhaupt ganz besonders gefeiert werden, daß die richtige Stimmung in's Haus kommt, denn die Stimmung ist die Hauptsache. Ohne Stimmung keine Weihnachten, und ohne richtige Weihnachten kein rechter Winter.

Brigitta.

Es scheint sich ganz schön anzulassen; es fangt grad an sein stad und ruhig herunterzuschneien.

Voglhuber.

Fein! Fein! Wenns so fortthut, muß in einer Stunde alles schneeweiß sein, wie a frischgewaschenes Leintuch.

Brigitta.

Weiße Weihnachten — grüne Ostern.

Voglhuber.

Freilich! Freilich! Bauernregeln, gute Regeln — alt aber gut.

(Zum Fenster hinaussehend).

Merkwürdig — jetzt freut man sich auf den ersten Schnee und denkt dabei doch schon wieder auf die grünen Ostern. Da sieht man, daß der Mensch nie mit tem zufrieden ist, was er grad hat. Wird schon so sein müssen, sonst hätt der Herrgott net so ein wechselreiches Programm eing'setzt. Heut hält er's ein, wie's im Kalender steht, damit die Kalendermacher auch amal a Freud haben. Alsdann, halt Du das Deinige auch ein und gieb fein auf's Strizl und auf die Krapfen acht, für's andere werd schon ich sorgen. Heut giebt's massenhaft Ueberraschungen — massenhaft.

(Reibt sich vergnügt die Hände).

Brigitta.

Wenn die selige Fräulein Schwester noch lebet, die möcht sich freuen, wenn sie sähet, wie's Wickerl schön und groß und brav worden ist.

Voglhuber.

Um's Todtsein soll man niemand net beklagen. Wenn's so ist, wie's in der Bibel steht, wird sie heut gewiß auch unter uns sein und ihr Wickerl betrachten. Und von uns weg, geht sie dann glei wieder zu ihm, der heut um Mitternacht sein Geburtsfest feiert, und da ist's gewiß noch viel, viel schöner. Lieber Gott im Himmel! gieb der armen Haut, die da herunten wenig Guts ghabt hat, drenten bei Deinem Christbam a recht a schönes Platzl.

2. Scene.

Hedwig

(ein junges, blühendes Mädchen, einfach aber sehr nett gekleidet, kommt mit aufgestülpten Aermeln und vorgestreckten Händen mit gespreizten Fingern, als ob sie eben etwas nasses angefaßt hätte, in die Stube).

Soll ich den ganzen Karpfen einpanieren oder wird ein Theil blau gemacht?

Brigitta.

Laß das nur mir über und richt' da die Sachen zusammen für'n Christbaum.
(Hedwig trocknet mit der Schürze ihre Hände und setzt sich zum Tisch).
's Mittelstück werd ich halt panieren und 's andere blau machen, daß der Meister was zum lutschen hat.

Voglhuber.

Ah brav! — Du redst grad, als ob ich an alter Tatl wär, der keinen Zahn mehr im Maul hat? So weit sind wir, Gott sei Dank, noch net, wenn ich auch gern lutschen thu. Ich will halt alles rein haben, wie in der guten, alten Zunftzeit. Brod ist gut, Fisch ist gut, Wein ist gut und Wasser ist gut, aber an panierten Fisch und an g'wasserten Wein mag ich einmal net; das sind lauter so nixnutzige Neuerungen. Also — a hübsches Stückl blau und recht weich.

Brigitta.

Wie ist es mit dem Getränk? Soll ich —

Voglhuber.

Nix sollst! Heut spiel amal ich den Moses und werde mit meinem Malstock an einen Felsen schlagen, daß a Tröpfl außerrinnt, daß der Moses baden gehn kann mit sein Wasser. Der Karpfen muß heut sein schwimmen, aber schon sein.

(Die Gassenthür zur Werkstatt geht mit Geklingel auf).

Wer kommt denn da?

(Oeffnet die Verbindungsthür und sieht in die Werkstatt hinaus, welche eben durch das Anzünden der Straßenlaterne matt erleuchtet wird).

Aha: Der Anderl mit dem Christbaum. Beutl Dir den Schnee gut ab, sonst kriegen wir's von der Brizitta.

Brigitta.

Ihr habt Euch weiter zu beklagen.

3. Scene.

Anderl

(ein junger, stämmiger Bursche, einige Jahre älter als Hedwig, mit ruhiger, stets ernster Miene und intelligentem Gesichtsausdruck. Seine Kleidung ist die eines modernen Arbeiters. Ein breiter Schlapphut bedeckt seinen Kopf. Den Christbaum an den Ofen lehnend.

So — da wär der Baum.

Hedwig.

Und was für ein schöner — so — so waldfrisch und schlank —

Brigitta.
(einfallend).

Wie der junge Herr Baron.

Voglhuber.

Paperlapap — andere Leute sind auch schlank, das ist gar nichts seltsames dabei. Knorrige Stämme sind übrigens auch nicht übel, sogar malerischer als die faden, schlanken Dinger. Knorriges Holz, festes Holz — gelt Anderl?

Brigitta.

Aber schwer zu hobeln.

Hedwig.
(Den frischen Tannenduft einsaugend).

Ah — ah — wie das schön duftet!

Brigitta.

Beinahe wie der junge Herr Baron.

Voglhuber.

Was hast Du heut mit dem Baron? Lächerlich — a jeder riecht wie er riechen kann. Wir sind und bleiben Anstreicherleut, und da wird nicht hin und her und hinaus und hinauf geduftet, und damit Punktum.

Brigitta.

Na ja, man redt ja nur davon. Es ist doch keine Sünd nicht, wenn eins höher hinaufstrebt.

Voglhuber.

A Sünd net, aber a Dummheit. Schuster bleib bei Deinem Leisten, sagt ein altes Sprichwort. So mancher, der auf halber Höhe war und weiter hinauf wollte, ist ganz hinunter gfalln und verdorb'n. Es kann nicht lauter Barons und lauter Anstreicher geben.

Anderl.

Eher schon das Letztere.

Voglhuber.

I´t nicht wahr! Es muß Leute geben, die was anstreichen können und solche, die was anstreichen lassen.

Anderl.

Es könnten ja unter gewissen Umständen alle so wohnen, daß sie was anstreichen lassen könnten.

Voglhuber.

Paperlapap — das sind lauter so neue socialdemokratische Ideen, von denen noch keiner fett geworden ist.

Anderl.

Der Mensch ist ja auch nicht zur Mast geboren.

Voglhuber.

Hör mir auf mit Deine Dummheiten — Socialdominikaner, verdammter! Ich werde mich nicht mehr ändern und am heutigen Tag schon gar nicht; der erinnert mit Allem, was drum und dran ist, noch an die gute, alte

Zunftzeit, wo jeder Geselle erst was Rechtes lernen und ein Meisterstück machen und heirathen mußte, bevor er Meister werden konnte. Das war eine gesunde Zeit; da ist das Handwerk noch was wert gewesen und hat einen goldenen Boden gehabt, denn ein jeder hat was Ordentliches gekannt und kein Stück aus der Hand gegeben, das nicht den Künstler im Handwerker berrathen hat. Man braucht nur so eine moderne Thürklinke mit dem Schloß da aus der Zunftzeit
(auf einen Kasten weisend)
zu vergleichen, um zu sehen, wie weit es mit dem Handwerk gekommen ist.

Anderl.

Was kümmert die Ausbeuter das Kunsthandwerk!? Bei reichem Gewinn so billig und schlecht als möglich, das ist ihre ganze Kunst.

Voglhuber.

Du drahst einem das Wort im Maul um — reden wir von was Anderem. Was gibt's denn zum Weihnachts-Punsch, he?

Hedwig.

Was Du lieber willst, Onkel, Krapfen oder Busserln.

Voglhuber.

M'r sind die Krapfen schon lieber, denn im Busserln bin i nimmermehr recht z'Haus. Da mußt Du schon den Anderl fragen.

(Anderl macht sich eifrig am Christbaum zu schaffen, während Hedwig ruhig fortarbeitet. Vogelhuber betrachtet bald das eine und bald das andere).

Geht's thut's net, als ob's net bis fünfe zählen könntets, ös scheinheiligen Sakramenter übereinander.

Anderl.

Soll ich die Firmatafel da vorlinieren?

Voglhuber.

Fir Element — das hätt ich bald vergessen. Na! — das werd ich selbst machen. Jetzt muß ich aber vor allem Andern noch gschwind in a Papierhandlung.

Brigitta.

In a Papierhandlung?

Voglhuber.

Ja, in a Papierhandlung, aber nicht um Briefpapier zum Christgeschenk.
(Auf Brigitta deutend)
Du bist zu alt für solche Sachen, und Du
(gegen Hedwig gewendet)
kannst Dir an Liebsten aussuchen, mit dem Du öfters zusammenkommst und mündlich verhandelst. Was wirst denn Du auf einmal so roth, Anderl?

Anderl.

Das ist nur vom Bucken.

Voglhuber.

Ah so?! Vom Niederbucken? So — so? — Anderl, Du bist a wunderlicher Heiliger! Du kannst mir gstohln werd'n, wenn i a Madl war. Zu meiner Zeit, wier i jung gwesen bin, da hat man's anders gmacht, wenn man a Madl gern ghabt hat. Z'erst hat man sich gegenseitig von weitem ehrsam angeblinzelt, ist alleweil näher und näher g'schlichen, endlich einmal stehen blieben und hat vom Wetter oder so was g'redt und sich dabei gründlich ang'schaut. Na — und wenn die G'schicht gut ausg'fall'n ist, hat man sich a Zeit lang auf's Frozzeln verlegt und so hin und her gspeanzelt, bis man's Madl amal wo unter an Thorbogn abpaßt, beim Kopf packt, abbusselt und frisch in's G'sicht eini g'fragt hat: „Magst mi oder magst mi net?" Heutzutag sind die jungen Leut alle so zimperlich und ledern, daß der Handel net ganz wird, bevor nicht etliche hundert fade Liebesbrief hin und her gangen sind.
(In stylisirter Schriftsprache lesend).

Innigstgeliebtes Mädchen! Ich ergreife die Feder, um Dir auf diesem nicht mehr ungewöhnlichen Wege meine innigsten Gefühle zu übermitteln und Dir zu sagen, wie heiß ich Dich, mein Engel, liebe. Gieb mir durch das Tragen einer Rose, die die Liebessprache spricht, ein holdes Zeichen, ob ich mich Dir, mein süßes Geschöpf, nähern darf — und lauter solche dumme Sach'n. Gehts mir weg, mit der neumodischen Liebe.

Brigitta.

Na, Sie brauchen mit Eroberungen grad net groß zu thun

Voglhuber.

Na, genieren werd ich mich vielleicht! Gegen mich war der Napoleon der reinste Pappsack. Wo mich a Madl derspitzt hat, hat sie mir a schon zua g'wunken — nämlich mit die Absätz. — Ah na — i war grad so talfert, wie der Anderl da, und weil ich weiß, daß man auf dem Weg nichts erreicht, drum eben kann ich ihm an Rath geben. Einmal, da war i zwar schon ganz nahe daran, eine beim Kopf z'packen, aber da haben's mir grad den Anderl da einglegt und da haben die Leut allerhand z'reden ghabt, und drum ist aus der ganzen G'schicht damals nix draus worden. — Wie's dann wieder ruhiger worden ist und ich an's Heirathen hätt denken können, da ist zufällig 's Wickerl auf die Welt 'kommen und mei Schwester g'storb'n, na — und weil ich auf die Weis' a Kind triegt hab, ohne zu heirathn, hab ich's ganz bleiben lassen. Ja — und ich hab's a nie bereut. Na — durchaus net.

(Zu Hedwig).

Du hast mir Weib und Kind und alles, was eins auf d e r Welt da gern haben kann, reichlich ersetzt — gelt Wickerl?

Hedwig
(ihn umarmend).

Onkel! lieber Onkel!

Voglhuber.

Ist schon recht, Wickerl! Laß nur gut sein! Geh nur immer fleißig deinem Glück nach und paß's beim Flügel,

wo du's findest, damit Du nicht so ein alter brummiger Junggeselle wirst, wie ich. — Ja so — das ist ja gar net möglich — net schlecht —
(lacht)
sogar der Anderl lacht — ha — ha!
(Die äußere Werkstattthür geht auf)
Wer klingelt denn heut noch beim Laden einer? Es wird doch net wer Tapeten zum Christkindl kaufen wollen?
(Sieht in die Werkstatt hinaus)
Ah! — Der Herr Baron! Geh Wickerl, zünd's Licht an, es wird schon langsam finster.

4. Scene.

Baron Traunsteiner.

(im gleichen Alter wie Vogelhuber, leicht ergraut, elegant aber nicht stutzerhaft gekleidet, angenehme Manieren).
Guten Abend!

Alle.

Guten Abend Herr Baron.

Brigitta.

Gehorsame Dienerin, Euer Gnaden. Herr Baron.

Baron.

Liebe Brigitta, lassen sie doch die Complimente.

Brigitta.

O bitte, Euer Gnaden, man weiß — man muß —

Baron.

Ein prächtiger Christbaum!

Brigitta.

Der Anderl war so frei und hat ihn mit Ihrer gütigen Erlaubnis aus Hochdero Wald geholt.

Baron.

Recht — recht — wer wird ihn denn aufputzen, oder besorgt das immer noch das Christkind selbst?

Voglhuber.

I Gott bewahre! Die heutige Jugend weiß mit zehn Jahren mehr als wir Alten alle miteinander.

Brigitta.

Euer Gnaden natürlich ausgenommen.

Baron.

Also werden Sie den Baum aufputzen, Hedwig?

Voglhuber.

Die Hedwig und der Anderl miteinander. Aber i bitt Ihnen gar schön, Sie werden doch nicht zu dem Frosch da jetzt auf einmal Sie sagen?

Baron.

Das hängt ganz von ihr selbst ab. Bisher habe ich mir erlaubt sie zu dutzen, weil — nun weil ich das von ihrer Kindheit an so gewohnt war; aber wer weiß, ob es ihr fernerhin recht ist? Heute ist ja ihr zwanzigster Geburtstag, und damit tritt sie in ein Alter, das ihr neue Rechte giebt und unsere auslöscht.

Hedwig.

Die vielen, vielen Wohlthaten, die Sie, Herr Baron, mir seit den ersten Tagen meiner Kindheit erwiesen haben, heißen mich mit kindlicher Dankbarkeit zu Ihnen aufblicken, wie zu einem zweiten Vater. Ich müßte mich ja rein schämen, wenn Sie jetzt nicht mehr Du zu mir sagen möchten.

Brigitta.

Da müßten wir uns richtig schämen, Herr Baron.

Baron.

Das ist lieb von Dir, Wickerl, und so mag es inzwischen beim Alten bleiben.

(Innig).

Ich habe selbst recht ungern an diese Aenderung gedacht, aber Du bist nun so groß und so klug geworden, daß Du

vielleicht schon bald als Frau in ein junges Heim einziehst, und da dachte ich, daß es Dir oder
(auffallend auf Andreas schauend)
Deinem Zukünftigen vielleicht nicht recht sein könnte, und noch an so manches andere — und das hat mir weiblich bange gemacht. Darum freut es mich doppelt, liebe Hedwig, daß Du dem Vater — Deiner armen Spielgenossin so gut bist. Und weil Du mit ihr immer so geduldig und lieb warst, habe ich Dir zu Deinem Geburtstag ein Geschenk mitgebracht, das Dir der Herr Meister unter dem flammenden Christbaum mit der nöthigen Erklärung überreichen wird.

Hedwig.
Ich danke vielmals, Herr Baron.

Baron.
Vom Dank kann gar keine Rede sein. Du hast meiner armen Helene durch Deine liebe Gegenwart, Deine Vorlesungen, kurzum, durch all die Anmuth, mit der Du sie umgeben, so viele sonnige Stunden in ihr Krankenzimmer gebracht, daß ich tief, tief in deiner Schuld stehe. Dieses kleine Geschenk soll auch nur ein Mittel zu Deinem Glück sein, das Du Dir ja doch selbst bereiten mußt. Wollen Sie die Sachen in Empfang nehmen Herr Meister?
(Halblaut)
Das da ist für's Wickerl und auf den andern steht ohnehin der Name
(sich scheu umsehend, schnell)
und hier das bewußte Packet — so — so —

Voglhuber.
(Die Packete in Empfang nehmend und im Rundpult verwahrend)
Wir danken halt recht vielmals.

Brigitta.
Wie gehts heute der Fräulein Helene, wenn man fragen darf, Euer Gnaden?

2

Baron.

Sie hat den heutigen Tag ruhiger verbracht, als zu erwarten war.

Voglhuber.

Dann kann ja noch alles gut werden.

Baron.

Das ist wohl ausgeschlossen. — Sie dürfte ihren Leidensweg wohl bald zurückgelegt haben. Es ist ein Glück, daß sie ganz zuversichtlich an eine baldige Besserung glaubt; in den letzten Tagen hatten wir Mühe sie im Zimmer zu halten. Sie wollte durchaus ins Freie auf die frische Luft.

Voglhuber.

Es kann sich alles noch geben, Herr Baron.

Baron.

Wer wollte lieber daran glauben als ich, allein daran ist nun einmal nicht zu denken. Ach —

(Fährt sich über die Augen).

Ich weiß oft nicht, wo ich die Kraft hernehmen soll, dies alles zu ertragen und mitanzusehen, wie sie immer mehr und mehr dahinwelkt. Ah — —

Voglhuber.

Nur net verzagt sein, Herr Baron. Was Gott thut, ist wohlgethan.

Baron.

Hedwigs Gesellschaft ist ihre einzige Freude, und ich muß Sie recht sehr bitten, Hedwig zu gestatten recht oft zu uns zu kommen.

Voglhuber.

Aber — das ist doch selbstverständlich.

Baron.

Ich dachte schon daran Hedwig für die kommenden schweren Tage ganz in's Haus zu bitten, allein ich fürchte, daß durch den ständigen Umgang der intime Reiz des Seltsamen verloren gehen könnte.

Brigitta.

Aber Anderl, was treibst denn? Jetzt hat er die rothen Papierstreifen verkehrt z'ammpappt, daß das weiße auswendig ist.

Voglhuber.

Wissen's, Herr Baron, das is halt so. Wenn man
(auf Hedwig deutend)
von gewissen Dingen redet, wird ihm ganz roth vor den Augen, und da sieht er dann alles roth der Sozial-Dominikaner.

Baron.

Die Jugend neigt eben immer zu Extremen; ich war auch einmal ein feuriger Obenhinaus, dem alles zu langsam gieng, aber das gibt sich, wenn man älter wird.

Anderl.

Wenn das wahr ist, möchte ich nie älter werden.

Brigitta.

Aber Anderl!

Baron.

Ach! lassen Sie ihn doch! Wenn er erst einmal Meister ist und den Wert des mühsam Erworbenen zu schätzen weiß, wird er ganz ohne Zuthun anders denken.

Anderl.

Das wär grad so, als wenn mich jemand blenden möcht und nachher von mir verlanget, ich soll das Sonnenlicht vergessen. Was wahr ist, ist wahr, und muß es ewig bleiben.

Baron.

Mein lieber Andreas, die Wahrheit gleicht einem Kameleon; sie wechselt bei näherem Zusehen die Farbe, und ihre Helligkeit gleicht der der Sonne; wenn man hineinschaut, wird man blind.

Voglhuber.

Ah — bravo — jetzt hast es Anderl.

Anderl.
Wie's ohne Licht kein Leben giebt, giebts ohne Wahrheit kein Recht, und ohne Recht kein Glück.
Voglhuber.
Na, Du wirst sie nicht finden.
Anderl.
Aber suchen helfen will ich sie, und wenn ich darüber zu Grund gehn müßt.
Voglhuber.
Sehen Sie, Herr Baron, so ist er. Geben Sie's ihm einmal tüchtig; ich komm net auf gegen ihn.
Baron.
Ein Mann, der so viel irre gegangen ist, wie ich, darf sich nicht zum Wegweiser aufwerfen. Der Herr Andreas wird sich mit der Zeit schon selbst zurecht finden. Was meinst Du, Hedwig?
Hedwig.
Er meint's gewiß gut, aber ich versteh' ihn oft nicht recht.
Voglhuber.
Mußt Dir halt a bissl Müh geben, es wird schon gehen.
Baron.
Was jung ist, findet leicht zu einander. Da spricht die Natur das maßgebende Wort, und diese Sprache ist echt und wahr und überzeugend.
Anderl.
Drum eben sollt man uns auch was reden lassen.

Voglhuber.
Brigitta.   } Anderl.

Baron.
Lassen Sie ihn nur freimüthig reden. Ich bin ein Freund des freien Wortes. Wohl dem, der den Muth hat,

es auszusprechen und dabei stark genug ist, die Ketten zu zerreißen, mit dem die Welt den einzelnen in die große Masse und ihrer Gewohnheiten und Gebräuche fesselt. Andreas interessiert mich; wir werden Gelegenheit haben mehr darüber zu reden, denn ich habe ja noch die Absicht einen Theil des Schlosses, den Sie in Ihrer Jugend ausgeschmückt haben, wieder etwas restaurieren zu lassen, und da

(wieder zu Andreas gewendet)

werden wir uns ja öfters sehen und der Wahrheit nachspüren, nicht wahr, Andreas?

Voglhuber.

Wird uns eine große Ehre sein.

Baron.

Diesmal wird hoffentlich nichts dazwischen kommen, was auch nur wie eine Unehre aussieht. Nun muß ich aber fort. Ich will nämlich einen Rahmen kaufen für das nahezu vollendete Bild, das Helene kurz vor der Krankheit gemalt hat. Hedwig kennt es ja; es steht im Krankenzimmer und stellt den Erzengel Michael vor, wie er mit dem flammenden Schwert die Pforten des Paradieses bewacht, welches Adam und Eva nach dem Sündenfall in gedrückter Stimmung verlassen. Ihre jungfräuliche Seele verkörperte im Erzengel Michael die Idealgestalt eines herrlichen Jünglings, wie er ihr wohl als Bräutigam vorgeschwebt haben mag. Das arme Kind — ach! Ich wünsche euch allen, besonders Dir Hedwig, vergnügtere Weihnachten als sie mir zu Theil werden. Adieu! Adieu!

Brigitta.

Ich küß die Hand, Herr Baron!

Hedwig.

Ich laß Helene gute Weihnachten wünschen.

Baron.

Danke! Danke! Auf Wiedersehen.

Anderl.
Gute Feiertage!

Voglhuber.
Recht gute Nacht und gute Feiertage.
(Alle bis auf Andreas begleiten den Baron durch die Werkstatt hinaus. Andreas sitzt ohne weiter aufzusehen beim Tisch und arbeitet fort, wobei er leise vor sich hinpfeift, bis die andern eintreten).

Voglhuber.
A netter Mensch, der Baron, factisch — a netter Mensch

Brigitta
(in einem jämmerlichen Ton).

Und der muß so an Unglück haben mit seiner einzigen Tochter und nothigen Leuten stirbt oft aus an Dutzend keins außer. Meiner Seel, das druckt einem völlig 's Herz ab.

Voglhuber.
Und was er für a Menge Sachen bracht hat; für a jedes a bsunders Pakl.

Brigitta.
Na — na — daß Gott erbarm! so a feiner Herr — so a feiner Herr — es ist net zum sagen.

Voglhuber.
Laßt's mir dö Pakln sein in Ruh, derweil ich zum Papierhandler geh. Wickerl gieb mir mein Ueberrock.

Brigitta.
Für a jedes a bsunders Pakl — na so was — a so a feiner, guter Herr!

Voglhuber.
Alsdann — seids fleißig derweil. Des zwoa putzt's den Bam auf und Du schaust in die Kuchl auf deine Sacherln. Pfiat Gott.

(Durch die Thür links ab).

Alle.
Pfiat Gott, Meister.

Brigitta.
Richt's nur alles hübsch z'amm. Ich schau zu meiner Arbeit und dazwischen durch werd' ich aus dem Gebetbüchl von meiner Mutter selig a paar kräftige Gsatzln für den Baron und seine Familie beten.

Hedwig.
Aus dem Büchl mit die großen Buchstaben?

Brigitta.
Ja freilich! Das ist unbändig stark geweiht von an Bischof oder gar von an Cardinal. Damals, wie der Papst zu Kaiser Josefs Zeiten in Wien war, hat's mei Großmutter selig, Gott laß sie ruhen, in der Hand ghabt, wie der Papst den Segen gebn hat, und da ist hübsch viel davon dran hängen blieben. A Gebet aus dem Büchl hat mir no allemal g'holfen. Damit's aber heut ganz gwiß hilft, werd ich noch dazu a paar Palmkatzeln und an bsunders gweihten Vierklee von meiner seligen Ahndl anzünden. Doppelt reißt net. Seids recht fleißig.

(Ab in die Küche).

6. Scene.

Hedwig.
Ich werde die Streifeln zu den Ketten schneiden und Du klebst sie zusammen; so gehts am schnellsten.

Anderl.
Laß das nur mir über und bind das feine Zuckerwerk an, ich könnt''s zerbrechen; ich hab net so feine Händ wie die Baronischen.

Hedwig.
Was du nur immer gegen sie hast? Waren sie etwa gegen eins von uns unfreundlich?

Anderl.

Das ist's eben, was mir net g'fallt. Wie kommen sie dazu mit Anstreichersleuten so freundlich zu sein als wie mit ihresgleichen? Das geht mir net ein. Da steckt was dahinter.

Hedwig.

Was soll denn da dahinter stecken? Wenn ich vor etliche fünfzehn Jahr, wie der Onkel den großen Saal im Schloß neu ausg'malt hat, nicht mit gwesen und so die anderthalb Jahr jüngere Helene kennen gelernt hätt, wären wir nie so bekannt worden, und ich glaub', daß das für mich ein großes Glück war. Denn wenn ich damals nicht mit gwesen wär und sie sich nicht so an mich gewöhnt hätt, daß sie nachher nicht mehr hat wollen allein sein, so wär ich halt statt mit ihr zu lernen, in die Volksschule gegangen, wie alle andern und damit basta. So aber hab ich fast die gleiche Erziehung genossen wie sie, und wer weiß, wie froh ich noch einmal darum sein werde?

Anderl.

So a Bildung paßt nicht für Anstreichersleut.

Hedwig.

Anstreichersleut! Anstreichersleut! Das ist auch so eine Rede vom Onkel. Decorationsmaler seid ihr und nicht blos Anstreicher — das kann jeder sein.

Anderl.

Die Schloßbildung ist jedenfalls für unser eins nicht das richtige.

Hedwig.

Warum denn nicht? Das wird sich erst weisen. Wenn der Onkel einmal die Augen zumacht, und ich vielleicht mein Brod selbst verdienen muß, so wird sich der Nutzen erst zeigen. Als Gesellschafterin könnt ich unterkommen wann und wo ich wollt.

Anderl.

Da wärst Du wohl zu bedauern. Immer nur das fünfte Rad am Wagen sein, an dem jeder sein Zorn auslaßt, wenn ihm was in die Quere kommt.

Hedwig.

Es muß ja auch just nicht gerade das sein. Der Leonhard meint, ich hätte Talent für's Theater.

Anderl.
(Erschrocken)

Um Gotteswillen! laß dir so was net einreden.

Hedwig.

Hu! Hu! Was ist denn da fürchterliches dabei? Ueberhaupt, dieser fortwährende schauerliche Ernst paßt mir ganz und gar nicht. Da gehts immer zu, als wenn wer gehängt werden sollt. Eins brummt mehr als das andere. Wart, ich werde Dich gleich einmal aufpulvern und Dir eine Talentprobe ablegen, Du grimmiger Brummbär, Du.
(Nimmt eine fertige Papierkette, wickelt sie ihm um den Hals und zieht an den beiden Enden an).
Auf Meister Petz! Folge deinem Herrn und Meister! Zeig dich dem Volke!
(Nimmt den breitkrämpigen Hut des Andreas vom Kleiderständer und bewaffnet sich mit einem Spazierstock).
Hereinspaziert meine Herrschaften! Hier sehen Sie den grimmigsten Brummbär der Welt, der niemals keine Dummheit nicht macht!

Anderl.

Geh, mach keine Dummheiten Hedwig.

Hedwig.
(Pathetisch)

Ich will aber durchaus Dummheiten machen und Du sollst mitthun! Das ist eben meine Kunst! Hereinspaziert!

Anderl
(welcher ihr schwerfällig und gutmüthig folgt, um nicht die Kette zu zerreißen).

Geh — laß — Du reißt ja die Kett'n ab.

Hedwig
(wie oben)

Das macht nichts, dann bändige ich Dich eben mit den Augen

(sieht ihn scharf an)

So! — So! — So!

Anderl.
(ihr ganz nahe, wie berauscht von ihrem Athem mit schlecht verhaltener Leidenschaft)

Hedwig — Hedwig —

(sehen sich beide überrascht und stumm in die Augen, ohne sich von der Stelle zu rühren).

7. Scene.

Brigitta.

Ja, was soll denn das heißen? Was macht's denn da für'n Lärm?

Hedwig
(mit komischem Pathos).

Das hier ist der Meister Petz, wie er leibt und lebt und brummt und das

(schlägt sich stolz auf die Brust)

bin ich, sein Herr und Meister.

Brigitta.

Hört's auf mit der Maskerade! Was sind denn das für Dummheiten? Gehts an die Arbeit, sonst giebts was, wenn der Meister kommt.

Hedwig
(unmuthig Hut und Stock ablegend)

Herrgott! Ist das ein Leben! Eins brummt mehr als das andere.

Brigitta.

Du! mach mir keine Sponpanadln und halt den Anderl net auf.

Anderl.

Sie können ganz beruhigt sein, wir werden schon rechtzeitig fertig. Das war nur so an Intermezzo, damit wir mehr Lust zur Arbeit kriegen.

Brigitta.

Schon gut! schon gut! aber laßt's Euch gsagt sein.

(Ab).

8. Scene.

Hedwig.

Das ist nett von Dir Anderl, daß du mich für meinen Uebermuth noch in Schutz genommen hast.

Anderl.

Da ist ja weiter nichts dabei.

Hedwig.

Gelt — Du nimmst mir's net übel? Mir ist heut so eigenthümlich, daß ich nicht weiß, was ich machen soll. Du — am End bin ich gar nervös?

Anderl.

A': Uebermüthig bist. Du freust Dich halt auf den Christbaum.

Hedwig.

Ich — o nein — ich bin kein Kind mehr.

Anderl.

Na, net — und was für a großes.

Hedwig.

Na, na, — Du bist auch nicht viel älter als ich.

Anderl.

Die drei Jahre, die ich in der Fremde zugebracht hab, zählen doppelt, das machts. Da hab ich erst gmerkt, was ich für ein Glück g'habt hab, daß mich meine arme Mutter grad da bei dem Haus weg g'legt hat.

Hedwig.

So was möcht ich nie thun.

Anderl.

Sag das net Hedwig; thu mir net mein unbekannts Mutterl verschimpfen. Wenn sie mir das hätt' bieten können, was ich da ghabt hab, hät.' sie mich wahrscheinlich net weg g'legt. Freilich, so lieb und gut der Meister auch war — die Mutter hat er weder mir noch Dir ersetzen können. Ich hätt mich gar so viel gern a mal um ihren Hals krampelt und ihr gsagt, daß ich net bös bin, daß sie mich hat weglegen müssen. In dem Punkt haben wir beide noch was vom Schicksal gut.

Hedwig.

Laß, gut sein Anderl. Wer weiß, was es für uns noch Schönes aufgehoben hat. So ein Gespräch macht einen traurig und voll heißer Sehnsucht nach etwas Schönem, ach! so Schönem, wovon man gar keine rechte Vorstellung hat

Anderl.

Bevor wir von was andern reden —

(verlegen nach Worten suchend, um nicht ihre Empfindung zu verletzen).

Du brauchst — die Anspielung — die der Baron und der Meister vorhin gemacht haben — nicht ernst zu nehmen.

Hedwig.

Was für Anspielungen?

Anderl.

Nu — so — auf Dich — und mich, mein ich.

Hedwig.

Das hab' ich auch gar nicht ernst aufgefaßt; Du wohl?

Anderl
(eifrig arbeitend)

Nu na — das gerade nicht. — Ich red nur davon, weil — weil ich nicht möcht, daß Du meinst —
(räuspert sich verlegen)
ich hätte mich hinter dem Meister gesteckt, um — nu ja — um —

Hedwig.

Was um?

Anderl.

Wenn Du's nicht errathen hast, kann ich Dir's nicht sagen.

Hedwig.

Du kommst mir gspaßig vor Anderl. Wer wird denn das Ernst nehmen?

Anderl.

Na, jetzt — gar so unmöglich wär's am End net. — Aber — weißt Wickerl — auf dem Weg möcht ich meinem Glück net nachgehen. — Ich möcht ihm überhaupt net nachge'n, das heißt — es nicht irgendwie zu erzwingen suchen.

Hedwig.

Wie meinst Du das Anderl? Ich versteh dich nicht.

Anderl.

Hm! hm! Das ist nicht so leicht gsagt — das muß man inwendig spüren — und um und um ordentlich überlegt haben —. Mir kommt die junge Liebe zweier Menschen wie ein Heiligthum vor, das aufhört eines zu sein, wenn ein Drittes einen Blick hineinwirft. So ein Glück muß heimlich sein, und frei aufgebaut von beiden — und eines darf das andere zu nichts zwingen — und jedes muß immer nur geben und nie was verlangen und nie was gewaltsam nehmen. Es muß ungefähr so sein, als wie wenn zwei Kinder, die noch gar net reden können, sich gegenseitig mit Blumenkränzen umwinden und sich unbewußt freuen, und sich auf einmal um den Hals fallen, und schön thun und lieb sein, ohne was zu sagen.

Hedwig
(träumerisch und entzückt)

Das hast Du Dir schön ausgedacht, Anderl. Woher hast Du denn das?

Anderl.

Ich hab mir das so ausgedacht für den Fall, daß ich einmal mit einer zusammentriff, von der ich glaub, daß sie mich gern haben könnt.

Hedwig.

Und hast Du schon eine g'funden?

Anderl.

Das schon — aber

Hedwig.

Aber? — aber?

Anderl.

Aber ich weiß halt net, ob sie mich so gern hat, wie ich sie, denn mit an bissl möcht ich net zufrieden sein.

Hedwig.

Hast Du's ihr schon g'sagt, daß Du sie gern hast?

Anderl.

So was möcht ich keiner net sagen, bis ich net deutlich sehet, daß auch sie mich gern hat. Ich denk mir, daß wir, die Gewisse nämlich und ich — uns einmal so wie die zwei spielenden, glückseligen Kinder einander in die Arme fallen ohne vorher was zu sagen.

Hedwig
(in Verzückung, leise).

Einander in die Arme fallen ohne was zu sagen — Du! — Anderl?
(Anderl will aufstehen, um sich ihr zu nähern, da klopft es; sie fährt erschrocken auf).

Das ist aber dumm. — Herein!

9. Scene.

Leonhard

(ein blühender, eleganter, junger Mann, anfangs der zwanziger Jahre, in einem kleidsamen Jagdanzug, angenehme Sprache und zwanglose, weltmännische Manieren, ohne geckenhaft zu sein, von links eintretend).

Guten Abend, Fräulein Hedwig. Störe ich?

Hedwig.

Guten Abend, Herr Leonhard. Sie stören durchaus nicht.

Leonhard.

Guten Abend, Andreas. — O weh — Vorbereitungen zum Christbaum — da komm ich wohl sehr ungelegen.

Hedwig.

Ganz und gar nicht, Herr Baron.

Leonhard.

Der Vater ist nämlich in die Stadt hereingefahren, um Verschiedenes zu besorgen, während ich auf der Jagd war.

Hedwig.

Das Costum kleidet Sie sehr gut. Lassen Sie sich einmal von allen Seiten ansehen.

Leonhard

(sich auf dem Absatz herumdrehend).

Bitte. Wenn ich gewußt hätte, daß Ihnen Nimrode so gefallen, würde ich nie anders vor Ihnen erschienen sein, wenn ich auch sonst gerade kein Nimrod bin.

Hedwig.

Also nur pure Verkleidung?

Leonhard.

Gewissermaßen ja — ich bin eigentlich kein Freund der Jagd, aber ich liebe es, durch Wald und Flur zu streifen und ein wenig grimmig auszusehen.

Hedwig.

Sehr grimmig sehen Sie wirklich nicht aus.

Leonhard.

Nicht? Sehr nett, daß Sie das finden. Wills auch gar nicht sein und gegen Damen schon gar nicht, besonders wenn sie so friedlich und allerliebst aussehen, wie Sie, Fräulein Hedwig.

Anderl
(etwas unwirsch).

Sie kann aber recht grimmig sein, wenn ihr was net paßt.

Leonhard.

Das möcht ich einmal mitansehen.
(Mit aufgehobenen Händen)
Bitte, liebes Fräulein, sehen Sie doch einmal ein wenig grimmig aus — nur ein klein wenig, sonst kann ichs dem Andreas nicht glauben.

Anderl.

O ja — sie kann' s ganz gut, wenn man nicht gleich macht, was sie will.

Leonhard.

Na also, sehen Sie, Fräulein Hedwig, da hilft kein Läugnen.

Hedwig.

Er wollte nämlich nicht Bärenführer — spielen, und da zeigte ich ihm den Herrn und Meister, und darum ärgert er sich jetzt.

Leonhard.

Was? Sie haben Bärenführer gespielt?

Hedwig.

Weil er immer so brummig ist.

Leonhard.

Bärenführer — nicht schlecht. Da war der Andreas natürlich der Bär — ha — ha —. Bitte, machen Sie das noch einmal — bitte — das muß zu drollig sein — bitte — bitte.

Anderl.

Da müßt auch ich einverstanden sein, aber ich hab gar keine Lust einen Narren abzugeben.

Leonhard.

Wer wird denn das gleich so ernst nehmen? Wenn Sie wollen, Fräulein Hedwig, spiel ich den Bären.

Hedwig.

Wenn der Anderl nicht mitthut, macht es keinen Spaß. Sie sind viel zu gelenkig, einen Bären zu spielen. Dazu paßt nur unser brummiger, lieber, guter Anderl. Gelt Anderl, Du, — Du —

Anderl

(indem er ihre Zärtlichkeiten mit einer unbeholfenen Körperwendung schonungslos abwehrt)

Kindereien —.

Hedwig.

Du! — geh Du!

Leonhard

(betrachtet mit einem gewissen Unbehagen Hedwig's Schäfereien, dann, wie um sie abzulenken).

Allerliebst, was Sie da gemacht haben. Die rothen Wollfäden der Christbaum-Anhängsel werden sich auf dem satten Grün des Tannenbaumes wunderschön ausnehmen. Und hier wieder — die schönen rothwangigen Aepfel! Ganz ihr Ebenbild! Allerliebst! Allerliebst!

Hedwig.

Ja mich fangt es selbst an zu freuen.

10. Scene.

Brigitta.

Ich küß' die Hand, Herr Baron.

Leonhard.

Guten Abend! — Alle Wetter — wir haben uns so gut unterhalten, daß ich ganz vergessen habe, weshalb ich mir die Freiheit genommen, Sie zu so vorgerückter Stunde zu stören.

Brigitta.

O bitte — bitte — ich hab mir gleich gedacht, daß Herr Baron die Ehre haben hier zu sein. Wie ich nämlich vom Brunnen kommen bin, war ich so frei Ihre gütige Anwesenheit im Vorhaus zu riechen.

Hedwig.

Brigitta meint Ihr Parfum.

Leonhard.

Ja so. Wenn es Ihnen Freude macht, werde ich mir einmal erlauben Ihnen ein Fläschchen für Ihre Wäsche —

Brigitta.

O — bitte — das möchte sich für unser eins nicht schicken.

Leonhard.

Warum nicht gar. Ich halte mich auch nicht an das, was sich schickt. Ich liebe einmal Parfum und bediene mich dessen schrankenlos, obs nun den andern Leuten gefällt oder nicht. — Nun muß ich Sie aber um etwas bitten. Von der Jagd heim gekommen, fand ich Helene so unruhig und nervös — der Vater war nicht zu Hause — daß ich sie nicht zu beruhigen vermochte, bis ich ihr versprach, Fräulein Hedwig auf ein kleines Stündchen zu ihr zu bitten.

Hedwig.

Herzlich gern, Herr Baron.

Leonhard.

Es thut mir wirklich leid, daß ich Sie mitten in Ihrer traulichen Arbeit fortbitten muß, aber Helene sagte, sie könne durchaus nicht ruhig sein, wenn sie Ihnen nicht am heiligen Weihnachtsabend die Hand gedrückt und für alle Ihre Liebe und Freundschaft gedankt hätte. So bin ich denn hergekommen, um sie auf ein ganz, ganz kleines Stündchen zu uns zu bitten.

Brigitta.

Geh nur, Wickerl, zieh Dich g'schwind an.

Leonhard.

Bitte, Fräulein Hedwig, machen Sie doch keine Umstände und bleiben Sie, wie Sie sind, damit Sie meine arme Schwester auch einmal in Ihrer reizenden, intimen Häuslichkeit sieht. Ich habe einen geschlossenen Wagen und einen Damenpelz mit. Ein einfaches Tuch, um Ihr grimmiges Köpfchen zu schützen, genügt.

Brigitta.

Da hast — da hast — geh nur, daß Du zum Christbaum wieder da bist.

Hedwig.

Also abieu, abieu! — Abieu Brummbär, abieu!

Anderl.

Abieu! Komm bald.

(Hedwig, Leonhard und Brigitta links ab; Andreas rückt unruhig auf seinem Platz hin und her, geht dann rasch an's Erkerfenster und von da zum andern, drückt sich dicht an die Wand, um das Fenster mit dem Blick zu durchqueren und den in der Höhe des Vorhangs gedachten Wagen Leonhard sehen zu können. Dabei macht er ängstliche, nervöse Bewegungen mit den Händen).

In einem so engen Wagen — grad jetzt — in dieser Stimmung — in dieser Stimmung — — — Wenn ich mein Glück verpaßt hätt — — wenn ich's verpaßt hätt. —

Brigitta
(in höchster Aufregung).

Mich trifft der Schlag! — Na, so was — na, so was! Jetzt ist mir derweil richtig, mein Strizl anbrennt.

Der Vorhang fällt.

II. Act.

Helenen's Schlafgemach, ebenso reich als geschmackvoll ausgestattet. Rechts rückwärts in der abgestumpften Ecke ein prachtvolles Himmelbett aus hellblauer Seide. Die zurückgeschlagenen Vorhänge fallen in reichen Falten herab und ergeben mit der rothen Bettdecke und den blendend weißen Laken einen prächtigen Farbencontrast. Oben in der Mitte der Himmelbett-Drapperie und dort, wo die Vorhänge von dicken, seidenen Schnüren zurückgehalten werden, erglänzen in Seidenrosetten mattrothe electrische Glühlichter. Zur Linken des Bettes, nahe der rechten Coulissenwand, ein Nachttischchen mit Medicinfläschchen darauf; zur Rechten, ungefähr von der Mitte des kurzen Hintergrundes, eine Staffelei mit dem Bild, welches Baron Traunsteiner beschrieben, davor ein niedriges Tabouret. In der linken, gleichfalls abgestumpften Ecke, ein großes Fenster mit schneeweißen Musselin-Vorhängen. Vor dem Fenster ein zierlicher Damenschreibtisch im Rococo-Styl, nebst einem solchen Sessel. Links vorne eine übermannsgroße Stehlampe aus blankgeputztem Messing. In der Mitte der dünnen Säule, worauf die Lampe aufsitzt, eine Art kleiner kreisrunder Tisch, worauf einige Bücher in schönen Einbänden liegen. Um die freistehende Lampe herum einige bequeme Ruhestühle in blauer Seide; einer davon ist verstellbar und kann zu einer Art Ruhebett gemacht werden. Rechts vorne ein Frühstückstisch mit drei gepolsterten Sesseln. Einige wenige, aber kostbare Oelgemälde, Landschaften, zieren die Wände. Von der Mitte der Zimmerdecke herab hängt eine Ampel mit gedämpften Licht. Rechts und links Thüren mit schweren bordeaurothen Portieren.

Hedwig, Leonhard und Helene sitzen um die große Stehlampe links. Hedwig mit der Front zum Publikum, Leonhard zu ihrer Rechten, Helene zur Linken, in mehr halb liegender Stellung. Ihr blasses, schmales Gesicht mit träumerischen Augen ist umrahmt von einer Fülle rothblonder, offener Haare. Sie trägt einen geschmackvollen Schlafrock in heller Farbe, Pantoffel an den Füßen. Die Blässe ihres Gesichtes mit den dunklen Ringen um den Augen, die kraftlose Haltung des

Hauptes, das in seidenen Kissen ruht, wie die milde Lage ihrer Arme und Beine verrathen deutlich den Grad ihrer Krankheit. Sie spricht stets in einem saft- und kraftlosen, aber keineswegs larmoyanten Tonfall. Damit ist die Krankheit genügend gekennzeichnet und sei die Darstellerin hiemit gebeten, keine weiteren Symptome hinzuzufügen, namentlich nicht einen gewissen, kurzen trockenen Husten, der nur geeignet ist, die Nerven der Zuhörer peinlich zu erregen, was hier vermieden werden soll. Ueberdies spricht Helene nur wenig und das Wenige in kurzen Absätzen, so daß auch keine besondere Ursache zum Husten vorliegt.

1. Scene.

Hedwig.

(Wenn das letzte Zeichen zum Hochnehmen des Vorhangs gegeben wird, beginnt sie aus dem Märchenbuche der Gebrüder Grimm das Märchen „Die Sternthaler" zu lesen, liest es ganz vor und endet dann mit den Worten:)

Und das ist die Geschichte von den Sternthalern.

Helene.

Was diese Märchen der Gebrüder Grimm doch schön sind!

Hedwig

(legt den Kranken das Haupt zurecht und küßt sie unter einschmeichelnden unartikulirten Tönen mehrmals auf Stirn und Wangen).

Helene.

Nun möchte ich eines hören, das einen traurigen Ausgang hat und dennoch nicht verstimmt. — Wißt Ihr — so eines, das in gleicher Weise Schmerz und Freude erregt.

Leonhard.

Da wir so hübsch unter uns, und uns niemand zuhört, werde ich Fräulein Hedwig bitten, Dir ein Weihnachtsmärlein vorzulesen, das ich eigens für Dich gemacht und so recht Deinem Geschmack und der Stimmung des heutigen Abends angepaßt habe.

Helene.

Du hast mir ein Märchen geschrieben? — ganz eigens für mich? — Das ist lieb von Dir, Leonhard — nur schade — das ich es nicht werde glauben können.

Leonhard.

Aber Helene — die Märchen sind eben doch alle blos Märchen und schon durch ihren übernatürlichen, wunderbaren Inhalt unglaubwürdig.

Helene.

Das schon — aber man denkt doch immer, es könnte

doch einmal so gewesen sein — und gerade das macht sie —
so schön und stimmungsvoll.

Leonhard.

Nun, das meine ist so erfunden, daß es sich wirklich
so zugetragen haben könnte. Wenn Du Dir ein klein wenig
Mühe giebst, wirst Du's glauben können.

Hedwig.

Wollen Sie nicht zuerst wieder die Medicin ein-
nehmen. Es ist gleich 7 Uhr.

Leonhard.

O weh! dann ist es bald Zeit zum Aufbruch. Diese
kurze, schöne Stunde ist wie ein linder Lenzhauch zerron-
nen und die Nothwendigkeit des Abschiedes greift mit rau-
her Hand in das traute, schöne Märchenland, das uns
Hedwig hergezaubert hat. Wie schade —

Hedwig.

(hat inzwischen einen Löffel mit Medicin gefüllt und beugt
sich über die Kranke, die sich halb aufrichtet).

So —

Leonhard

(entzückt die Gruppe betrachtend)

Ein reizender Vorwurf für ein Gemälde. — Die
blühende Hoffnung über den Glauben gebeugt!

Helene.

Und dicht daneben die Liebe.

Leonhard

(entzückt die Hände auf die Brust drückend).

Die Liebe — Schwester! — Hedwig!

Helene.

Was zittern Sie, Hedwig?

Hedwig.

Die Furcht zu verschütten — ah! nun ist es doch geschehen.

Helene.
Das thut nichts. — Danke — danke. — Und nun das Märchen.

Leonhard.
Lassen Sie uns erst auf das Wohl meiner Schwester anstoßen.

Hedwig.
Ihre Gesundheit.

Leonhard.
Nicht so, Fräulein Hedwig. Beim Anstoßen muß man sich in die Augen sehen. So —
(sehen sich beide lange innig in die Augen)
Auf das Wohl meiner lieben Schwester und auf alles, was wir lieben.

Helene.
(Während sie trinken)
Wie lieb Ihr seid! Gebt mir Eure Hände.
(Leonhard zu ihrer Rechten, Hedwig zur Linken).

Leonhard.
Bist Du nun mit uns zufrieden?

Helene.
Schließt den Kreis
(Leonhard und Hedwig geben sich die noch freien Hände).
Werdet Ihr mich auch immer festhalten, daß uns niemand trennt?

Leonhard.
Sei ruhig Helene. Wir werden dich bald emporziehen und hinausführen ins Freie, über Flur und Au, und der Lenz soll seine Blüthen auf uns herabstreuen.

Helene
(wie im prophetischen Tone)
Oder auf unsere Gräber.

Leonhard.
Helene! — Siehst Du, da Du so trübe Gedanken hast, kann ich Dir mein Märchen nun doch nicht vorlesen lassen.

Helene.
Laß mich, Leonhard. Es ist mir zuweilen eine Wonne — der Gedanken an mein Grab zu denken.

Leonhard.
Schwester — liebe Schwester.

Hedwig.
Helene!

Helene.
Lesen — bitte — lesen —

Leonhard.
Hier, Fräulein Hedwig.

Hedwig
(nimmt das Manuskript in Empfang und liest mit immer steigendem Interesse. Ab und zu einen kurzen Blick auf die Kranke werfend, dämpft sie gegen das Ende hin, wenn Helene wiederholt die müden Augen öffnend und schließend, in einen leichten Schlummer versinkt, ihre Stimme immer mehr und mehr, so daß sie zuletzt nur mehr halblaut spricht und so in einen geheimnißvollen Ton verfällt, der sie völlig gefangen nimmt und das Märchen gewissermaßen weiterleben läßt).

Der schwarze Köhler und die schneeweiße Liebe.
Ein Weihnachtsmärlein.
Vor vielen, vielen Jahren war einmal ein schwarzer Köhler, welcher weit ab von der Welt und den Menschen ganz allein mitten in einem großen, großen Wald wohnte und jahraus jahrein neben seinen zwei großen mitternachtschwarzen Kohlenmeilern saß und Kohlen brannte. Wenn nicht manchmal Händler mit Fuhrwerken gekommen wären, um Kohlen zu kaufen und abzuholen, dann würde er wohl nicht mehr gewußt haben, wie die Menschen aussehen, denn er hatte keinen Spiegel, worin er sich hätte betrachten können. — Es lag ihm auch gar nicht viel an den Menschen, denn was er von ihnen sah, gefiel ihm nicht sonderlich, und darum fertigte er sie kurz ab und hörte lieber, neben seinen rauchenden Kohlenmeilern sitzend, den Vögeln des Waldes zu, die ihm in allerlei Tonarten und Weisen vorsangen, was ihre kleine ge-

fieberte Brust in Lust und Leid bewegte. — Als er nun wieder einmal eines Tages so da saß, die aufgehende Lenzsonne die grünen Wipfel der Bäume goldig verbrämte, und die Singvögel ihm so viel vom seligen Glück der jungen Liebe vorsangen, indeß sie weiche Halme für ihre Nester zusammentrugen, da überkam ihn ein unerklärliches Verlangen nach etwas, dem er keinen Namen zu geben vermochte, und da merkte er zum erstenmal in seinem Leben, daß er völlig allein war. Aber gerade in diesem Augenblick war er es nicht mehr ganz, denn hinter ihm schlich die Sehnsucht, eine schattenhafte Gestalt mit träumerischen, schwermüthigen Auge vorbei, legte ihm die schmalen weißen Hände wie segnend auf das Haupt und zog sich dann wie erschrocken wieder schleunig in den dunklen Wald zurück, als ihre schöne Zwillingsschwester, die Liebe, auf sonnigem, thaufrischen Pfad einhergezogen kam, gleich einem Morgensonnenstrahl, der flüchtig über die Fluren huscht, die verschlafenen Blüthenkelche wachzuküssen. Sie schritt geradewegs auf den seufzenden Köhler zu, bis sie dicht vor ihm stand, und ihn also ansprach: „Könnt Ihr mir nicht sagen wo ich mich befinde und wohin ich mich wenden soll, um dem Leid zu entgehen, das mir überallhin folgt?" Der Köhler, der ihr Kommen nicht bemerkt hatte, fuhr beim süßen Klang ihrer weichen Stimme erschrocken auf und blickte dem lenzjungen Wesen geradewegs in die hellen, blauen Aeuglein, und es gefiel ihm gleich beim ersten Blick so über alle Maßen, daß er kein Wort hervorbrachte und über und über so roth wurde, daß der Ruß auf seinen Wangen beinahe nicht mehr zu sehen war. Selbst die beiden Kohlenmeiler schämten sich ein wenig, daß sie gar so schwarz waren, was aber, genau genommen, für Kohlenmeiler eigentlich gar keine Schande war, und sie bemühten sich recht freundlich drein zu schauen, und richtig lagen bald helle Glanzlichter auf ihren dicken, schwarzen Wangen, und obenhinaus wirbelte ein schneeweißer Rauch lustig zum blauen Himmel hinauf, so daß dem Köhler vor lauter Verwunderung schier die Augen übergingen. Als nun die armselige Hütte dies alles mitansah, da wollte sie sich auch nicht lumpen lassen, schmiegte sich schleunigst kokett und netisch an den Wald und hüllte sich anmuthig in den Saum seines weiten, grünen Mantels, und es war nicht anders, als ob die Hütte plötzlich zum Märchenheim des Glückes geworden wäre, und sie wurde es auch, denn der schwarze Köhler und die schneeweiße Liebe traten ein und hielten Hochzeit. Da freuten sich die Waldvögelein, die den Köhler gut leiden mochten, über alle Maßen und stimmten einen so hellen Jubelgesang an, daß sogar die beiden Kohlenmeiler ganz lustig wurden und auf ihren zwei plumpen Beinen einen so trolligen Tanz aufführten, daß es zum Lachen war, und alle Bäume, welche die Hütte rings umstanden und durch die Dachritzen ins Innere sehen konnten sich schmunzelnd ihre langen, graugrünen Bärte strichen, als ob sie auch was davon verstanden hätten, und sie konnten doch nichts verstehen, da sie doch blos Bäume waren, und blieben, mochten sie auch noch so ehrwürdige, lange Bärte haben, wie manche Menschen. Das ging so den ganzen Lenz, Sommer und Herbst über fort, bis es Winter und endlich gar Weihnachten wurde. Da holte sich der Köhler einen jungen Tannenbaum aus dem Wald und putzte ihn auf, während die Liebe, die ein klein wenig unwohl war, im Bette lag und auf die Hoffnung wartete, die ihr für diesen Tag einen Besuch versprochen hatte. Und richtig, als der Christbaum im hellen Kerzenlicht erglänzte, da kam sie auch und brachte den Köhlersleuten ein ganz kleines, winziges Mädchen. Weil sie aber die Stubenthüre nicht ganz zugemacht hatte, schlüpfte völlig unbemerkt eine langmächtige, hagere Gestalt in einem kohlrabenschwarzen, faltenreichen Gewand herein, schlich, den dürren Arm weit vorgestreckt, bis an's Bettende, und fuhr der jungen Mutter heimtückisch über die schmerzmüden Augen, daß sie tod war. Da schrie der arme Köhler jählings in wilder Verzweiflung auf und warf sich schluchzend über die Leiche, daß es ein Jammer war, es mit anzusehen; denn selbst der Tod, der doch sonst kein Mitleid kennt, fuhr sich, als ob er hätte weinen wollen, über seine leeren Augenhöhlen. Weil er aber nicht weinen konnte, wandte er sich sachte zur Thür, um sich beschämt hinwegzuschleichen, allein da fiel ihm plötzlich ein, daß er von altersher verpflichtet war, dem jüngsten Kind im Haus, das er betrat, allwann der

Tannenbaum im Kerzenlicht erstrahlte, ein kostbares Geschenk zu machen. Deß eingedenk drehte er sich um, und rief dem neugeborenen Kinde zu, er wolle es aus ganz besonderer Gunst im Augenblick von dieser Erde nehmen, wenn es die äußerste Grenze des Glückes erreicht haben werde und damit verschwand er.

Einige Tage nachher, als der Köhler, der nun wieder bettelarm war, keine Thränen mehr im Kopfe hatte, grub er seine Liebe in die gefrorene Erde, und das war so jammervoll anzusehen, daß die Vögelein erschrocken davon flogen und die beiden Kohlenmeiler vor Trauer einen pechschwarzen Rauch ausstießen und sich ganz damit einhüllten; selbst die wetterhärtesten Bäume weinten um die Wette, daß ihnen die glänzenden Thränen in ihren langen Bärten zu Eis erstarrten. — Das winzige Mädchen aber zappelte so lustig in der Wiege, als ob gar nichts geschehen wäre, und wuchs auf und gedieh prächtig und der Vater nannte es das Glück, was so viel heißen sollte, als Erinnerung an die Liebe. Es sah seiner Mutter so ähnlich, wie ein Ei dem andern, nur hatte es nicht blaue, sondern schwarze Augen, und das kam wahrscheinlich daher, daß es immer auf die beiden schwarzen Kohlenmeiler sah. Als es nun groß war und so eines Tages mir nichts dir nichts durch den weiten, schattigen Wald dahinschritt, traf es zufällig einen jungen Jägersmann, der fast so aussah wie der Vater, und doch auch wieder nicht, und da freute es sich ganz unbändig und ging mit ihm, und die Vögel in den Zweigen kicherten vor Freude so vielstimmig, daß die Sonne ganz neugierig wurde und sich alle erdenkliche Mühe gab, etwas zu erspähen. Allein die buschigen Kronen der Bäume schmiegten sich aneinander, daß die Sonne nirgends durchzublicken vermochte, und dabei schmunzelten und rauschten sie so geheimnißvoll, daß niemand außer ihnen etwas vom süßen Geschwätz der beiden Leutchen hören konnte. Unbekümmert um die ganze weite Welt giengen sie immer tiefer und tiefer in den Wald, und weil sie endlich ein wenig müde waren, lagerten sie sich ins weiche Moos und küßten und kosten sich, daß die Baumgipfel ganz roth wurden und die Sonne vor Aerger, daß sie gar nichts sehen konnte, schmollend unterging. Das war eben das Unglück für die beiden süßen Thoren, denn nun kam die Nacht herauf und warf sachte einen dunklen Schleier über das Land, daß es finster wurde, und die beiden Leutchen nicht sehen konnten, wie eine düstere, hagere Gestalt näher und näher schlich, bis sie dicht bei den innig umschlungenen Liebenden stand und wie einst der Mutter so jetzt dem jungen Glück sachte über die Augen fuhr, daß es einschlief und nimmer erwachte. Und just im selben Augenblick brachen die beiden Kohlenmeiler voll Erbarmen über den armen, verlassenen Köhler zusammen und begruben ihn gnädig mit ihrem schwarzen Schutt. Und bis zum heutigen Tage kann man noch irgendwo in einem Walde, inmitten einer grünen Haltwide, zwei ausgebrannte, schwarze Flecken sehen, die wie zwei leere Augenhöhlen voll Grauen zum blauen Himmel emporstarren, und das ist die Stelle, wo der schwarze Köhler und seine schneeweiße Liebe lustwandelten, starben und ruhen, bis die Posaunen der Engel sie am jüngsten Tag zum ewigen Leben erwecken. —

(Helene ist inzwischen ruhig eingeschlummert und ein seliges Lächeln verklärt ihre armgehärmten, kindlichen Züge).

Hedwig.

(Vom Inhalt ergriffen, tief aufathmend)

Ein wunderschönes Märlein — wunderschön. — —

Leonhard

(gleich ihr mit ganz gedämpfter Stimme)

Wie mich das freut. Lassen Sie mich zum Dank, daß Sie es so schön vorgetragen, Ihre liebe Hand küssen.

Hedwig.

Herr Leonhard —
(da er ihre Hand immer wieder küßt)
nicht — nicht Herr Leonhard.

Leonhard.

Und den lieben, süßen Mund dazu —

Hedwig
(abwehrend und doch verlangend)
Leonhard — nicht — nicht —
(macht schwache Versuche sich seiner Umarmung und Küsse zu
erwehren).

Leonhard.
(voll seliger, jubelnder Liebe, weich und innig)
Hedwig — — Hedwig — — Du! — — Du! Das Märchen ist schlecht! — Es gibt ein Glück, das keine Grenzen kennt — keine — keine — Glaubst Du's, Hedwig? — glaubst Du's?

Hedwig
(innig die Arme um ihn schlingend)
Ja, ich glaub' es.

Leonhard.
Du Süße — — Du Liebe —

Hedwig.
Leonhard — —

Leonhard.
Was Du für schöne Augen hast — für schöne Augen — und für ein seidenweiches Haar. — Und wie süß es duftet. — Und Dein ganzes Wesen — so lind wie die warme Lenzluft — und dein Mund — Dein Mund — Ach! — Hedwig — — süße, süße Hedwig. —

Hedwig.
Leonhard — lieber Leonhard —

Leonhard.
Ob Du mich so lieb hast, wie ich Dich? —

Hedwig.
Mehr noch — — mehr —

Leonhard.
Du! — — Du! — — mein Glück —

Helene
(träumend).

Da war es da — das Glück —

(Die Liebenden fuhren erschrocken auf).

Leonhard
(Hedwig bei der Hand fassend und etwas nach rückwärts ziehend).

Nichts — nichts. — Sie träumt nur vom Glück im Märchen.

(Sie umarmen sich)

Wir lieben es und halten es in unseren Armen.

Helene.

Da — — da — — husch! husch! geht es hin — wie ein Morgensonnenstrahl — auf thauiger Flur — und küßt — die Blumen wach —

Leonhard.
(Hedwig in heißer Umarmung gegen die Thür links hin drängend).

Daß wir sie nicht wecken — komm — komm!

Hedwig.

Bleib! Leonhard! Bleib —

Leonhard.

Daß wir sie nicht wecken und ihr Glück verscheuchen—
(taumeln in heißer Umarmung gegen die Thür und verschwinden so).

2. Scene.

Helene
(träumt nun das ganze Märchen durch, läßt aber nur die markantesten Stellen von entsprechendem Mienenspiel begleitet, laut werden).

Und es war nicht anders, als ob die Hütte zum Märchenheim des Glückes geworden wäre — und sie war es auch — und alles freute sich — die Bäume — die Kohlenmeiler mit den zwei dicken, plumpen Beinen — — daß es zum Lachen war — und — und sie verstanden doch

nichts — die Bäume — mit den gefrorenen Thränen in den langen Bärten
(wälzt den Kopf unruhig hin und her)
nicht! — nicht eingraben! nicht eingraben!
(stöhnt einige Male schwer auf und liegt dann eine Weile regungslos da, bis endlich wieder allmählich ein Lächeln über ihre Züge huscht).
Da gingen sie in den Wald — der Jägersmann und das Glück — und die Sonne — und sie setzten sich in's Moos—
Hedwig.
(mit halb unterdrückter fliegender Stimme).
Leonhard — —
Helene.
Und küßten und kosten sich,—
Hedwig
(mit weicher, voller Bruststimme).
Leonhard —
Helene.
Daß die Bäume roth wurden — und die Sonne nicht untergehen — nicht untergehen — die Nacht — der Tod —
3. Scene.
Baron.
(tritt langsam ein und nähert sich auf den Fußspitzen der Kranken).
Helene.
Er schließt ihr die Augen — ach! — ach!
Baron
(halblaut, um den Traum zu verscheuchen, ohne sie zu wecken)
Helene!
Helene.
Sie stirbt! — sie stirbt!
Baron
(etwas lauter)
Helene —Helene. — —
Helene
(wendet mit einem schweren Seufzer den Kopf zur Seite).
4. Scene.
Leonhard
(welcher beim ersten lauter gesprochenen Wort des Barons für einen Moment sichtbar wurde, kommt nun aufgeregt auf die Scene, die Thür hinter sich nur halb schließend).
Vater — ich habe Dir etwas sehr Ernstes und Wichtiges mitzutheilen, das keinen Aufschub zuläßt.

Baron.
Später — später — Helene träumt unruhig.

Leonhard.
Märchenlectüre — nichts weiter. Bitte, komm auf Dein Zimmer. Die Sache duldet keinen Aufschub, keinen —, bitte, bitte. — —

Baron.
Was Du nur hast? Du bist ja so erregt, daß Du zitterst.

Leonhard.
Ich werde Dir alles erklären. Komm nur, Vater, komm!

Baron.
So erkläre Dich doch, ich höre. —

Leonhard.
Das läßt sich nicht so kurzer Hand sagen. Komm nur, komm! Helene könnte uns hören.

Baron.
Also hier —
(will auf die Thür links zugehen).

Leonhard.
Nein Papa — nicht hier — es muß durchaus auf Deinem Zimmer sein; bitte, bitte —

Baron.
Und Helene —?

Leonhard.
Sei ohne Sorge. Hedwig ist um die Wärterin gegangen.

Baron.
War sie denn hier?

Leonhard.
Ja — ja — komm nur, komm und höre mich, und Du wirst mein Drängen verstehen
(ihn mit sich ziehend, rechts ab).

4

Baron.

Na höre, Du bist aber sonderbar —
(die folgenden Worte der Verwunderung verhallen undeutlich hinter der Scene).

5. Scene.

(Hedwig kommt nach einer kleinen Pause, nachdem sie vorsichtig durch die halb offene Thür geblickt, mit einem raschen Schritt heraus, wirft einen kurzen Blick auf die Kranke und nimmt ihr Kopftuch vom Tabouret vor der Staffelei. Beim Erblicken des Bildes hält sie, einen leisen Aufschrei halb unterdrückend, erschrocken inne, rafft dann rasch das Tuch auf, wirft nochmals einen scheuen Blick auf die Kranke und geht dann in großer Erregung und Furcht rechts ab).

Der Vorhang fällt.

III. Act.

Scenerie wie im erſten Act, nur der Tiſch iſt weiter von der Wand in's Zimmer gerückt, damit man den darauf befind= lichen Chriſtbaum, geſchmückt mit dem üblichen Aufputz, von allen Seiten umkreiſen kann; die unvollendete Firmatafel mit der Inſchrift: „Decorations u. Zimmermaler", die Voglhuber im erſten Act neben dem Ofen an die Wand lehnte, ſteht nun der Quere nach auf zwei Stühlen und zeigt unter der obigen Inſchrift in aufgeklebten Papierlettern die Worte:

„Chriſtian Voglhuber und An

Voglhuber

(ſitzt auf einem Schemel vor der Firmatafel und iſt mit dem Aufkleben der Buchſtaben beſchäftigt, wobei er den Refrain des Liedes pfeift, das er ſpäter ſingt; neue Buchſtaben zur Inſchrift fügend).

be— er — — nach der Neuſchule ſagt man jetzt blos mehr d, rrr — zu dumm! — zu meiner Zeit war halt alles viel ſolider —; e — dre — a — es — as —Andreas — Gänſefüßeln — Punkt — ſo großartig — „Chriſtian Voglhuber und Andreas'" — paßt ausgezeichnet. Der wird a Freud haben.

(Geht ein paar Schritte zurück und betrachtet wohlgefällig ſein Werk)

Decorations= und Zimmermaler Chriſtian Voglhuber und Andreas. — Das kommt mir jetzt auf einmal vor, wie ein Bittgeſuch an den Tod, daß er ſein ſtad ſeine Segeſen (=Senſe) dengeln ſoll, um den Chriſtian Voglhuber wie= der wegzuradieren. Ah was!—alles eins! Einmal müſſen wir alle in's Gras beißen, und morgen iſt's am End net weniger hantig (=bitter) als heut.

(Während er die Firmatafel im Hintergrund auf einen Stuhl ſtellt und die Inſchrift mit einem zurechtgelegten, langen Streifen Pappendeckel zudeckt).

Die Ochſen beißen alle Tag ins Gras und befinden ſich ganz wohl dabei; der Unterſchied iſt blos der, daß ihnen das Insgrasbeißen gegen ihr Ende zu erleichtert wird,

4*

was man von unser einem grad net behaupten kann.
          (Es klopft an's Fenster).
Aha! — der Laufbua!
     (Oeffnet den mittleren Flügel des Erkerfensters).

2. Scene.

Laufbursch
(von außen ein Packet hereinreichend).
Meister Voglhuber! Da sein die Pakln.

Voglhuber.
Schrei net wie a Jochgeier, dummer Bua, sonst hat die ganze Heimlichkeit kein Sinn net.

Laufbursch.
Da ist de Schachtel mit der Hauben.

Voglhuber.
Habts net noch a größere gfunden? Da hätts ja schon glei an Waggon nehmen können.

Laufbursch.
Das ist nur, damits nach Mehr ausschaut. Ist a Hetz und kost net viel.

Voglhuber.
Wirsts Maul halten, kecker Bua.

Laufbursch.
Da müßt ich die Pakln fallen lassen, und das könnt Ihnen net recht sein.

Voglhuber.
Weiter — weiter!

Laufbursch.
Da ist's Pakl mit'n Stoff s' Papier ist a bissl naß, weil's draufgschneibt hat.

Voglhuber.
Das ist ja ganz derdruckt und derwuzelt! Was hast denn damit gmacht?

Laufbursch.
So a gselchter Schnipfer hat mi an talferten Böhm g'heißen, und da hab ich ihm das Pakl um die Ohren glaust, daß er mi für den Erzengel Michael und den Himmel für a Baßgeign angschaut hat.

Voglhuber.
Jetzi hast aber die höchste Zeit daß Du Dich schleichst, kecke Wanzn.

Laufbursch.
I dank schön fürs Trinkgeld.

Voglhuber.
Ja so? — wart! — Da hast a Sechserl, Lausniegl.

Laufbursch.
Dank schön — gute Nacht.
(Geht die Straße hinauf, durch welche ein Betrunkener einhertaumelt; singt ihn an).

Stad — stad, daß Di's net draht;
Hat's Di erst gestern draht,
Draht's Di heut a, wieder a —

Passant
(gutmüthig auf den Ton des Jungen eingehend).

Weil i an alter Drahrer bin,
Aber schon a so an alter Aufdrahrer bin.
(Geht den Gesang wiederholend am Fenster vorüber).

3. Scene.

Voglhuber
(schaut dem Betrunkenen eine Weile nach und schließt dann das Fenster).

Sappermen — den hat's ordentlich bei der Falten.

Aber er sieht mir just net danach aus, als ob er an Freudenrausch hätt. —

(Während er sich mit dem Christbaum und der Anordnung der Geschenke befaßt.)

A merkwürdiger Tag, der Weihnachtstag! Da reißt's amal an jeden; der eine sauft sich vor Freuden an Rausch an, der andere vor Trauer, und am nächsten Tag haben alle zwei den gleichen Kater, und wer nüchtern bleibt, weil ihn nix gfreut und nix giftet, der hat am End den allergrößten Kater.

(Stellt einen Handkorb mit Weinflaschen auf den Tisch).

Wenn also schon amal durchaus a Kater da sein muß, soll er wenigstens a g'sunde Unterlag haben.

(Dem Korb eine Flasche nach der andern entnehmend und sie prüfend).

A nobier Kerl, der Baron! — Das ist ja gar a Johannisberger — a deutscher Bruder aus dem Jahr 1866 — hm — wird a bissl an Nachgschmackn haben; und das da ist a Pfaffstättner — bravo! so an Klerikalen kann man sich schon g'fallen lassen. Was ist denn das da — aha an Ofner Milleniumstrunk zum Zuspitz'n. Ui Jegerl — wenn da kein Kater außerschaut, nachher will ich Veitl heiß'n. Alsdann — gengen mr's an.

(Während er die Kerzchen auf dem Christbaum anzündet, singt er nachfolgendes Lied; der Darsteller hüte sich dabei vor die Rampe zu treten und dem Publikum in der althergebrachten Art was vorzusingen. Er wird eine größere Wirkung erzielen, wenn er sich nur mit dem Christbaum beschäftigt, hin und wieder, ihn bewundernd, etwas zurücktritt und das Publikum gar nicht beachtet).

Als unsern Herrgott 's Himmelreich
A wengerl fad ist wor'n,
Da hat er sich zum Zeitvertreib
In's dunkle All verlor'n.
Und wie er so durch's Finst're tappt
Und nindersch nicht net sicht,
Ruft er auf amal durch die Welt:
Es werde Licht.

Und auf das Wort war's Licht schon da
Ganz unverhüllt und nackt

Und hat sogleich die Finsternis
Beim schwarzen Kragen 'packt.
Dös Rangeln hat dem lieben Gott
Beim Schöpfungswert so g'falln,
Daß mit an Schupferl er die Welt
Gebracht in's Roll'n.

Seit dera Zeit rollt Tag und Nacht
Und Luft und Load vorbei,
Und ist der Winter noch so kalt,
Folgt doch amal der Mai.
Was grünt und blüht und lebt und liabt
Braucht Sunnenschein und Schatten;
Im grauen G'sioan lacht doppelt hell
Das Grün der Mait'n.

(Pfeift den Refrain und zündet die letzten Kerzchen an, ergreift dann eine Handglocke und schwingt sie freudig über seinem Haupte.)

So — jetzt kanns angehn!

4. Scene.

(Hewig, Anderl und Brigitta treten ein, umkreisen den Baum und bewundern ihn, jedes in seiner Art).

Brigitta.

O mei! o mei! Ist das a Pracht! Na! Na!

Hedwig.

Wie alles licht und hell ist — viel heller als andere Jahre.

Voglhuber.

Es sind aber net mehr Kerzln drauf als sonst. Wenn er Dir nur gfallt. — No! was sagst denn Du Anderl?

Anderl.

Schön! schön!

Voglhuber.

Schön — schön? Du sollst D'ch net blos freuen sondern auch Deine Freude schauen lassen, turzum mit Deinen Gfühlen a bissl deutlicher außerrucken, sonst weiß ja niemand, wie Du innwendig ausschaust.

Anderl.
Wer mir so gut ist, wie Sie, der kennts doch.

Voglhuber.
Alsdann — schauen wir einmal, was das Christkindl alles eingelegt hat. Mir scheint, mir scheint, das ist was für Dich Brigitta. — Richtig — richtig.

Brigitta.
Ich dank schön, — ich dank schön. O Waudi, Waudi! Ist das a schöner Stoff, grad so einer, wie das Kleid von der gemischten Waarenhändlerin ums Eck. — Vergelts Gott im Himmel auffi.

Voglhuber.
Und da ist no was. Aha! a Jurg'schenk zur Erinnerung an die fünfzig Strizln, die Dir den Kopf warm gemacht haben.

Brigitta.
O je! o je! A warme Hauben! So was hab i mir schon lang g'wünscht. Vergelt's Gott! vergelt's Gott!

Voglhuber.
Mir scheint, da hat das Christkindl vom Baron noch was eingelegt.

Brigitta.
Jessas, Jessas na! A goldenes Kreuzl und a elfenbeinernes Gebetbüchl, wie die Frau Burgermasterin vom Grund eins hat! Das ist ja völlig zum Hoffährtigwerden. Na, na! Das ist ganz aus der Weis.

Voglhuber.
Und Dir, Anderl, hat's Christkindl an Arbeit eing'legt für den ersten Werktag nach den Feiertagen. Es hat nimmer Zeit g'habt alles fertig zu machen, und da hats derweil Papierbuchstaben aufpapt.

(Deckt die Firmatafel auf).

Brigitta.
Heiland der Welt! Christian Voglhuber u. Andreas!

Anderl.
Herr Meister! — Herr Meister! Herr — —!

Voglhuber.
Schon recht, Anderl, schon recht. Ich hab Dich vor der Hausthür gfunden und aufzogn, und weil ich keine Kinder hab, sollst jetzt Du dafür sorgen, daß die Voglhuberischen net aussterben. S' Wickerl kann Dir ja dabei a bißl helfen.

Brigitta.
Aber Herr Meister!

Voglhuber.
Ah was! Meister hin, Meister her! Das sind alles ganz natürliche Sachen und ich mag net lang umschneiden.

Anderl.
Herr Meister — Meister!

Voglhuber.
Schon gut, Anderl. Sei nur still wie sonst. Mach, wie Du's gewohnt bist: net viel reden, aber dafür umso fleißiger schaffen — nachher geht die Uhr eh' recht, und die da, geht a recht, hoff ich. „Dem wackeren Gehilfen meines Decorationsmeisters zur ewigen Erinnerung an Baron Traunsteiner". Das Ewig hab i dazu gschrieben, damit die Uhr net den Weg allen Fleisches geht.

Brigitta.
A goldene Uhr mit Ketten! Ah! Ah!

Voglhuber.
Und jetzt kommst Du, Wickerl, als letztes und bestes! Eine G'schrift und a Brief dazu. Paß auf:
(liest):
An Fräulein Hedwig Voglhuber. In dankbarer Anerkennung für die aufopfernde Pflege meiner armen Tochter Helene übersende ich anbei zur Ausstattung und Grün-

dung eines neuen Haushaltes, beziehungsweise zur Erweiterung des alten Geschäftes eine bei der Unionbank stündlich zu behebende Anweisung auf einen Barbetrag von 10.000 Kronen.

Alle.

Ah! Ah! Zehntausend Kronen. Ah! Ah!

Brigitta.

(will ihm in's Papier schauen).

Wo steht denn das von von die 10.000 Gulden geschrieben?

Voglhuber.

Halt aus, so schnell schießen die Preußen net. Du bist ja wie der Knieriem im Lumpazi, und machst glei aus Kronen, Gulden. Mir sein no lang net fertig.

(liest):

„Außerdem liegen zwei Verlobungsringe bei und ich würde mich sehr freuen, wenn ich erführe, daß Hedwig zu dem zweiten bereits einen passenden Mann gefunden." Der da ist für Dich, Wickerl, und der andere, scheint mir, möcht grad dem Anderl paßen?

Hedwig
(ihm in's Wort fallend)

Onkel —

Anderl.
(gleichzeitig mit Hedwig)

Meister —

Voglhuber.

Nur warten, mir sein no lang net fertig; die Kerzln werden schon so lang aushalten. Vorläufig hab ich noch ein anderes Eisen im Feuer.

Hedwig
(ihm in's Wort fallend)

Onkel —

Anderl
(desgleichen)

Meister —

Voglhuber.

(Der Vorigen Einsprüche mißverstehend)

Pst — pst! Nur warten — nur warten — ein eilender Mensch hat kein Glück. Mir san no lang net fertig. Eh die Verlobung angeht, muß ich Enk noch was sagen. Alsdann — paßts auf:

(Räuspert sich und sucht verlegen nach Worten).

An einem Abend wie heut — das heißt a paar Tag früher — so um Weihnachten herum — wie Du noch mit die Mukn (=Mücken) gflogn bist — verstanden? — da — da haben wir drei — die Schwester — und ich — und er — da — no der Dingsda — der — der — halt aus! So gehts net. I hab die G'schicht net recht angfangt. Alsdann — wie ich Dir schon gsagt hab — verstanden — da haben wir — oder eigentlich blos er — — der — Na, serbus, da habns mir a schöne Suppen einbrockt. Wenn ich an d e r net ersticke, nacher ist mir ein anderer Tod bestimmt. Aber es gschicht mir schon recht! Ich hätt' Dir die G'schicht lang schon sagen sollen, — und ich hätt Dir sie auch gsagt, wenn er net — der Dingsda — — sichst es! Da hast es! Jetzt weist's sich, daß eine verheimlichte Wahrheit ost noch ärger ist, als a ganze Lug, denn aner Lug kann ma nachgehn — kann sie herausbringen — kurzum — es ist nichts so fein gesponnen, und so weiter — und verheimlichte Wahrheiten kommen schließlich auch an den Tag. — Und darum war ich immer dafür, Dir bei Zeiten alles zu sagen — aber er hat gsagt, es gang net — es geht net — und so haben wir beide nix gsagt — i net — und er net — Dein Vater. — So — jetzt weißt es!

Hedwig.

M e i n V a t e r !? M e i n V a t e r ? M e i n —

Voglhuber.

Na ja — freilich — Dein Vater! — A jeder Mensch hat an Vater — das ist eine ganz natürliche Sache. Warum sollst denn grad Du keinen Vater haben? Kein Sperling fällt vom Dach, und so weiter — — So red doch auch a bißl was, und mach mir die G'schicht net noch schwerer.

Hedwig.

Was kann ich sagen; ich weiß noch nicht, ob ich mich fürchten oder freuen soll?

Voglhuber.

Wenn was zu fürchten wär, möcht ich Dir's doch jetzt unterm Weihnachtsbaum sagen, Du Tschapperl, Du patschétes. Freu dich nur, freu dich nur, Du hast Grund dazu.

Hedwig.

Ich werde mich vielleicht schon freuen, wenn ich alles weiß, aber noch kann ich's nicht. — Weil ich bis jetzt nichts von meinem Vater gewußt hab, hab ich mir, wenn in der Kirche oder in der Schule von der Pflicht, die Eltern zu lieben und zu verehren, die Rede war, selber ein Bild von ihm gemacht, und das ist mir so ins Herz gewachsen, daß ich mich nicht von ihm trennen kann.

Voglhuber.

Geh, geh — Tschapperl! Wett'n wir, daß Du mit dem Tausch zufrieden bist — und wie zufrieden! Ha — ha! Der, den ich Dir zuführen werde, der ist Dir sein g'stellt, daß er sich schon beim Tag anschaun laßen kann. Wie schaut den der aus, den Du Dir ein'bild't hast?

Hedwig.

Einmal, wie ich ungefähr zehn Jahr alt war und aus der Christenlehr, wo von der Elternliebe die Rede war, heimgekommen bin, hast Du mir auf mein Drängen zur Antwort geben, daß mein Vater ein armer, aber ehrlicher Mann wär, der plötzlich, man weiß nei warum, hat auf und davon müßen, und ich nur fleißig beten soll, daß er bald was von sich hören laßt und wiederkommt. Und daraufhin hab ich mich in der Kirchen vor's Muttergottesbild hinkniet und für ihn gebetet, wie die andern Kinder, die einen wirklichen Vater g'habt habn. Und weil ich auch gern einen g'habt hätt, hab ich mir halt vorgstellt, wie er vielleicht grad jetzt hilflos in der Welt herumwandert und nirgends Ruhe finden kann, und da ist mir

vorkommen, als ob ich ihn sehet, wie er als Bettler von einem Haus zum andern wandert.
(In höchster Erregung)
Wenn es so ist und er jetzt zurückgekommen ist, dann führ mich hin zu ihm, daß ich ihm um den Hals fall „und lieb mit ihm sein darf, und das Papier da gieb, daß seine Noth ein Ende hat, und wir beinander bleiben und uns nimmer trennen.

Voglhuber.
Ah na — das ist net nothwendig. Du kannst Dein Papier schon b'halt'n. Er ist in guten, sogar in sehr guten Verhältnissen.

Hedwig
(aufschreiend)
Was?! In guten Verhältnissen?! Und da kommt er erst heut, nach zwanzig Jahren? Nein— nein! Ich will ihn nicht sehen! Ich will ihn nicht sehen! Er soll nur bleiben, wo er ist. So laß ich mir mein Bild nicht aus dem Herzen reißen.

Voglhuber.
Pscht! Pscht! — Langsam! — Langsam! — Mußt net gleich so wild thun. Er ist —

Hedwig.
Ich will nichts von ihm wissen! Ich will nicht! Ich will nicht! Der, der vor meinen Augen steht, schaut mich vorwurfsvoll und schmerzlich an, als ob er sterben wollt. Ich hab keine Mutter mehr, nehmt mir nicht auch noch den Vater
(schmerzlich aufschluchzend sich Vogelhuber an die Brust werfend)
Laßt mir meinen armen Vater!

Voglhuber.
Sei stad, Wickerl, sei stad, sei gut. Dein wirklicher Vater ist in mancher Beziehung noch ärmer als der, den Du Dir eingebildet hast. Er kennt das Glück noch weniger als Du — und hat dich immer gern ghabt, und grad der Umstand, daß er Dich bis jetzt net hat sein Kind

heißen können, hat ihm mehr Schmerz gemacht, als er jemals verdient hat. Mußt net verkehrt von ihm denken, Wickerl: er ist gut und brav, wie Du Dir ihn vorg'stellt hast.

Hedwig.

Das kann nicht sein, sonst wär er längst gekommen. So wie ich meine todte Mutter mit den Fingerspitzen aus dem gefrorenen Boden kratzen möcht, wenn ich ihr nur einmal um den Hals fallen, und ihr was Liebes anthun dürft, so heiß hab ich mich nach ihm gesehnt, und er — er hat so lang fortbleiben können?

Voglhuber.

Können? Können!? Müssen hat er, müssen!

Hedwig.

Müssen? Warum müssen? Warum? Warum?

Voglhuber.

Net so gach sein, Wickerl; net so gach sein!

Hedwig.

(in großer Hast sich wie an eine letzte Hoffnung klammernd).

War er vielleicht eingesperrt? Im Kerker? Das machet mir gar nichts, und wenn er, wer weiß, was gethan hat. Das geht mich nichts an. Nur die Möglichkeit zu mir, zu seinem Kind zu kommen, die darf er nicht gehabt haben. Sag! war's so? war er eing'sperrt?

Voglhuber.

Nu ja — es war beinah so; — vielleicht noch schlechter — er war — er war — mußt aber schön ruhig sein — er war — unglücklich verheirathet.

Hedwig

(bis in's Innerste getroffen fast sprachlos)

Verheirathet! — Verheirathet — —

Voglhuber.

Ja freilich, verheirathet — unglücklich verheirathet!

Was bist denn auf einmal so stad? Du mußt das net so nehmen — das kommt in den besten Familien vor —

Hedwig.

Betrogen! Betrogen! Erst die Mutter — dann mich! Warum habt ihr mir meinen lieben Vater genommen!?

Voglhuber.

Betrogen — betrogen ist zu hart; betrogen hat er sie nicht. Sie haben sich halt gern g'habt, und er war so viel unglücklich. Es war freilich net recht, das ist ja richtig, und ich hab's ihm damals auch g'sagt und ihm nix net gschenkt, aber dann hab ich mir halt wieder denkt, wer viel liebt, dem wird viel verziehen, und Du darfst ihm schon gar nichts nachsagen, er ist halt doch dein Vater, und bis Du ihn erst g'sehn hast, wirst anders über ihn denken, und ihn vielleicht noch lieber haben, als den, den Du dir eingebildet hast. Da — schau Dir ihn an — er schenkt Dir zum Christkindl sein Bild und will noch heut in der heiligen Nacht in der Metten mit Dir zusammenkommen und Dich um Deine kindliche Lieb bitten, wenn der feierliche Orgelklang die Geburt Christi verkündet. Da — nimm nur, schau Dir ihn an.
(Nimmt vom Tisch unter dem Christbaum ein Packet, macht es auf und reicht ihr ein Portrait in einer Porzellanrahme).

Hedwig

(wirft einen Blick darauf, ihr Gesichtsausdruck wird plötzlich starr, ihre Arme sinken kraftlos herab, das Bild fällt zu Boden und zerbricht).

Heiliger Gott — der Baron!
(Wird ohnmächtig).

Voglhuber.

Ja, was ist denn? was hast denn? Wickerl! — Wickerl! A Wasser! An Doctor! a Wasser.

Anderl

(entsetzt, bald das Bild am Boden, bald Hedwig betrachtend, im tiefsten Schmerz und Mitleid):

Hedwig! Hedwig!
(Er fängt sie mit Voglhuber in seinen Armen auf, während Brigitta in größter Verwirrung hinausstürmt).

Der Vorhang fällt.

IV. Act.

Mitternächtliche Winterlandschaft. Rechts vorne der aus mächtigen Sandsteinquadern erbaute Herrensitz der Traunsteiner, der nur wenig in die Scenerie hereinragt. Die mit der Rampe parallel laufende Längenfront verliert sich in den Coulissen rechts. Die schmale Stirnfront trägt im ersten Stockwerk einen Balcon mit massiven Steingeländer. Zu ebener Erde vom Balcon überdacht ein Personeneingang durch ein schmales, gothisches Thor. Die Fenster im Stockwerk sind beleuchtet. Hinter dem Schloß fließt ein Fluß vorbei mit ruhigem Gefälle nach links. Das jenseitige rechte Ufer steigt mäßig bergan und zeigt auf einer Anhöhe ein einsames Kirchlein mit matterleuchteten, bunten Fenstern. Diesseits des Flußes der zum Schloß gehörige Park mit mächtigen, dunklen Tannen. Es ist kurz vor der Mitte der heiligen Nacht. Ein wilder Schneesturm braußt über die Bühne. Mächtige Wolkenmassen agen am Vollmond vorbei, der die Scenerie hin und wieder für Augenblicke voll beleuchtet.

1. Scene.

Zwei Handwerksburschen in ärmlichen, dünnen Kleidern und umgehängten walzenförmigen Bündeln treten, heftig gegen den Sturm ankämpfend, von links auf die Bühne und bleiben, die Hüte am Kopf festhaltend, eine Weile abgewendet stehen.

1. Handwerksbursch.

Sauwetter — verdammtes!

2. Handwerksbursch.

So an Sturm hab i noch net erlebt.

1. Handwerksbursch.

Pfui Teufel — wie er da um's Eck herumfahrt.

2. Handwerksbursch.

Grad, als ob er uns das dünne Gwandl vom Leib reißen wollt.

1. Handwerksbursch.

Wenn sich die Leut net vor unserer Nacktheit schamen müßten, brauchet sich der Wind jetzt net anzustrengen.

2. Handwerksbursch.

I bin schon ganz müad; i kann nimmer weiter.

1. Handwerksbursch.

Geh her da! Stelln wir uns a bissl an die Mauer, da ist's net so arg, wie mitten im Freien.

2. Handwerksbursch
(zähneklappernd).

Es ist mörderisch kalt.

1. Handwerksbursch.

Druck' dich, nur fest zuwer zu mir, daß Du mir net erfrierst

2. Handwerksbursch.

Bei so an Wetter sollt man kan Hund vor's Haus jagen.

1. Handwerksbursch.

Ja, Brüaderl! mir sein no lang koane Hund net. Darfst Dir a net einbilden, daß es einer von uns zwoa amal so weit bringt.

2. Handwerksbursch.

Net amal bei so an Wetter hat man an Unterschlupf.

1. Handwerksbursch.

Die braven Leut geh'n halt heut in der Nacht alle in die Metten und da können's unser eins net aufnehmen, weil wir ihnen derweil 's Haus vertragen könnten. Du weißt noch gar net, zu was wir all's fähig sein.

2. Handwerksbursch.

Jessas, Jessas! Wenn mich jetzt so mei armes Mütterl sehet.

1. Handwerksbursch.

Winsel net! Daß so was unter Umständen überhaupt mögl'ch wär, das ist schon was, daß einer deswegen a Freud am Leben haben könnt. Du weißt wenigstens, daß wer an Dich denkt, derweil Du da im kalten Wind stehst. I hab net amal den Trost. I weiß net, wer mei Vater und mei Muater war. Wahrscheinlich a net viel mehr als i selber. Mich hat, so lang ich's denk, ein fremd's Leut zum andern g'schummelt und gedruckt und getreten und aus mir außerpreßt, was außerzupreßen war. Und drum bin i härter als Du, und weiß schon lang net mehr, wie wohl's thut, wenn man wenigstens noch woanen kann. Gegen mich bist Du mit Deinem Müatterl, wenn's a arm und alt und elend ist, der reinste Rothschild, weil oans in Liab an's andre denkt, und das ist ein großer Halt.

(Plötzlich zornig erregt).

Wenn i amal recht fuchtig werd' und mir die G'schicht zu dumm wird, nacher bin i im Stand und thua was, was Du nie thätst, weil Du Dir dabei denken müaßest, was wird mei Muatterl dazua sagen. Aber oans hab i doch vor Dir voraus: die absolute Freiheit. I kann das Erbtheil der Armuth, die Gemeinheit, ausnützen wia i will, weil's nur mi alloan was angeht. Was kunnt mir zum Beispiel g'scheh'n, wenn i jetzt aus Wuath über mei Verlassenheit den Leuten da drinn' das Schloß über'n Kopf anzündet und mi am Feuer a bißl wärmet? Gar nix! Sie kunt'n mi höchstens einsperrn, wenn s'mi derwischet'n. Und was wär da weiter dabei? Ha? Net so biel! I brauchet nachher bei so an Wetter net im Freien zu sein und mit den ehrlichen Leuten heraußen zu derfriren! — Geh'n wir! Die Zündhölzeln im Sack fangen mich an zu jucken.

2. Handwerksbursch.

I kann nimmer weiter — i bin schon ganz steif. Schau, die Fenster da sein alle hell beleuchtet. Läut'n wir an, vielleicht laß'ns' uns doch wo schlafen.

1. Handwerksbursch.

Leut an, wenn Du meinst, daß sie Dir aufmachen

und Dich einladen werden, Dich der Länge nach neben ihr Glück hinzulegen. Geh hin! meintwegen! läut an! Aber i, i mag net. Zum fünften Mal laß i mi heut in der heiligen Nacht net außischmeißen, weil nacher was g'scheg'n kunnt, was mi morgen beim Tag am End reut. Wenn i schon amal was anstellen muaß, thua ich's nur dann, wenn die Sunn hell auf mi aberscheint und mir fürkimmt, daß i mi z'weg'n dem, was i thun will, vor ihr net zu schamen brauch. Wenn sie a nix dafür kann, ist sie doch mei Wohlthäterin, und zwar mein' oanzige, und drum muaß sie bei so was dabei sein. Heut laß i mi nimmer außischmeißen, heut nimmer, und drum mag i net anläut'n.

(Mit furchtbarer Härte und Bitterkeit).

I will die Bitterkeit von d e r heiligen Nacht g a n z auskosten bis auf den tiefsten Grund und den letzten Tropfen, daß mi auf d e r Welt da nix mehr wundert. Komm! komm! Geh'n wir!

2. Handwerksbursch.

Schau, da drent'n über'n Wasser steht a Kirchl. Das schaut grad so aus, wia's Kirchl auf dem Calvarienberg in meiner Hoamat.

1. Handwerksbursch.

Schau net ummi und geh! Für uns ist heut all's entern Wasser und ninderscht koa Bruggn net drüber.

2. Handwerksbursch.

Mei Müatterl geht am End grad jetzt mit an Laternl übern Berg auffi zur Mett'n und denkt an die Zeit, wo i mit ihr gangen bin. Ah — mei Hoamat, mei Müatterl!

1. Handwerksbursch.

Winsl net! Es nutzt Dir nix! Geh nur, geh!

2. Handwerksbursch.

I kann nimmer — I kann nimmer.

1. Handwerksbursch.

Es muaß geh'n, komm nur, aber woan net, sonst könnt Dir die Kält'n die nassen Aug'n im Kopf zu Eis er-

starren. Merk Dir das: Die Weichheit ist nur für die
Reichen: — für unser oans taugt nur a stahl- und stoan-
hart's G'müath. Komm nur, komm!
(ihn unter dem Arm nehmend und mit fortziehend).
Morgen scheint vielleicht wieder die Sunn und all's ist
anderscht. Komm und woan net.
(Sie verschwinden beide nach rechts, in Nacht und Sturm.

2. Scene.

Anderl.

Blas' zua, Sturmwind! Blas'! Blas'! daß der graue
Stoanbau da wie ein Kartenhaus z'ammfallt und alle,
die drinn sein begrabt.
(Man hört das Klirren eines gebrochenen Fensters).
So ist's recht! Nur hinein beim Fenster! Reiß ihnen die
Larv'n der gnädigen Herablaßung vom G'sicht, daß sie
in ihrem ganzen nackten Hochmuth dastehen!
(Man hört Ziegel vom Dach fallen).
Recht so! weg mit'n Dach über ihren Kopf, daß ihre
Schande bloß liegt und der Tag —
(ein laut heulender Windstoß schneidet ihm die Rede ab und
wirft ihm eine Schneewolke in's Gesicht; er kämpft eine Weile
wortlos gegen den Sturm).
Schwächling! Schwächling! Was bist Du gegen meinen
Zorn!? Mit Deiner Kraft möcht' i die Menschen wia an
Haufen dürre Blätter vor mir her treiben und in's Meer
blasen, daß die ganze Bagage drin ersauft und bis auf den
letzten zu Grund geht. Hurrah! Hurrah! Pack die Welt bei
an Flügel! Wirf die Berg' hin über's flache Land, daß
man nimmer mehr kennt, daß amal Menschen da waren.
Feigling! Schwächling! Du kannst nix als heulen! Heul
nur zua, Du großmaulete Heulhur'! Morgen ist doch
wieder alles beim alten und ihre Schand net um an Spitz
kloaner.
(Man hört in kurzen Zwischenräumen das Wimmern einer
kleinen Handglocke. Der helle Lichtschein einer Handlaterne
fällt in einem schmalen Streifen über die Bühne und schwankt
wie suchend hin und her. Andreas zieht sich in den tiefen

Schatten der Tannenbäume zurück. Der Lichtschein wird stärker. Ein Kirchendiener mit einer Handlaterne und einer Glocke tritt von links auf, dicht hinter ihm ein Priester).

3. Scene.

Kirchendiener

(nochmals mit der Handglocke schellend und mit der Laterne aus Schloß emporleuchtend).
Da sind wir Hochwürden!

Priester.

Klingeln Sie nur rasch an. Wir sind erhitzt und die schneidende Kälte geht einem bis ins Mark.

Kirchendiener.

Wenn man uns nur einlaßt? Der Herr Baron weiß von nichts. Es hat uns nur die barmherzige Schwester holen lassen.

Priester.

Man wird den Diener Gottes, der im Namen seines Herrn kommt, nicht von der Schwelle weisen.

Ein Diener

(das Thor öffnend).

Ich küß die Hand, Hochwürden. Bitte nur einzutreten, der Herr Baron ist bereits von Ihrer Ankunft unterrichtet. Das Fräulein selbst —

(Das Thor fällt ins Schloß und schneidet die Rede ab).

4. Scene.

Anderl.

Da muß drinnen wer im Sterben liegen? Das Fräulein hat er g'sagt — Wenn Sie's wär? — Sie thät mir leid. Sie war immer freundlich und gut zu ihr, wie eine rechte Schwester. I will net härter 'sein, als das Schicksal und die Rache dem da oben überlassen. Nimm sie gnädig auf zu Dir, Allmächtiger, und vergilt ihr, was sie ihr Gutes gethan hat.

(Blickt zurücktretend mit dem Ausdruck des Schreckens in die Coulissen).

O Jammer! über Jammer! Da kommt sie. Gieb ihr Kraft! Du kannst es, wo wir alle am End unserer Weisheit sein.

5. Scene.

Voglhuber.

G'scheid sein, Wickerl, g'scheid sein! Laß Dir was sagen und komm mit hinauf. Es nutzt nix. Er ist doch einmal Dein Vater.

Hedwig.

In der Kirche soll er mich wieder sehen, wie er es gewollt hat; aber hinauf geh' ich nicht.

Voglhuber.

Laß Dir doch was einreden. Das Wetter war ja net vorauszuseh'n. Komm nur mit. Du könntest Dich verkühlen.

Hedwig.

Mir liegt nichts daran. Hinauf geh ich nicht — heute nicht — und nie! — nie! — nie!

Voglhuber.

Ich begreif net, wie Du auf einmal bist? Wenn's auch grad keine besondere Ehre ist, von einem Baron abzustammen — Schand ist's doch auch keine. Und alles, was Recht ist: Er ist immer lieb und gut mit Dir gewesen, das mußt Du doch selber sagen.

Hedwig.

Das ist alles Nebensache. Ich hab ein Recht ghabt auf sein Geheimnis.

Voglhuber.

Ja ja — das ist schon wahr. Ich hab's ihm auch damals tüchtig eini g'sagt und verlangt, daß er sich zu Dir bekennt, aber es hat sich halt net machen lassen. So lang seine Frau g'lebt hat, war gar net dran zu denken, — und wie sie g'storben war, da warst Du grad in dem talketen Alter, wo man Dir so was net hat sagen können. Na — und vor zwa Jahr, da war wieder die Helene in dem g'wißen talketen Alter, und so hat sich die G'schicht halt hinauszogen bis heut. Aber heut hat er's ihnen fein g'sagt, denen oben. Ja — die werd'n Augen g'macht hab'n wie die Windradeln in an Fenster, und empfang'n werd'n s' Dich! — ah — da giebt's nix! Da brauchst keine Angst net z'haben. Komm nur Wickerl, komm.

Hedwig.

Ich kann nicht — ich kann nicht —

Voglhuber.

Aber so geh' doch, Wickerl! Sei net so eigensinnig, er ist doch dein Vater. Mußt net so gegen ihn sein. Wenn er sich schon gegen deine Mutter versündigt hat — Du darfst Dich nicht zum Richter über ihn aufwerfen. Was Du ihm anthust, fallt auch auf sie zurück. Mußt net so sein, Wickerl — um Deiner seligen Mutter willen.

Hedwig

(aufschluchzend).

Ich kann nicht! — Ich kann nicht!

Voglhub

(sie an sich ziehend).

Geh her, Häuterl! Sei stad — sei stad. Bist ja mei liab's Herzbinkerl. Na — na! Es g'schicht Dir ja nix — es g'schicht Dir ja nix — komm nur — komm!

Hedwig

(nach Fassung ringend).

Ich kann nicht — In der Kirche — soll er mich wieder sehen — in der Kirche.

Voglhuber.

In der Kirch'n? Na — wenn Du's durchaus net anders thust, kann man nix machen, aber es wird ihm weh thun. — Ich hilf niemand mehr liiag'n, das weiß ich ganz g'wiß. — So werd ich halt in Gottesnamen allein hinaufgehn, sonst g'frieren wir noch alle zwoa da an. Daß Du mir aber net davon rennst!

(Klingelt am Hausthor).

Hedwig.
Onkel! lieber, lieber Onkel! Ich dank Dir für alles, alles!

Voglhuber.
Was denn net noch! Stand dafür? Es i'ſt bäriſch kalt; Mach' Dich nur guat ein, daß Du mir net krank wirſt, Du Du — Dickſchädele — Du —

(Das Thor wird geöffnet, Vogelhuber tritt raſch ein).

6. Scene.

Hedwig.
(Aufaufathmend).

Ach! Endlich — endlich allein!

(Die Hände ringend nach der Richtung, wo Vogelhuber abge=
gangen).

Daß ich Dir's, erſparen könnt, Du braver — du guter — — Es muß ſein! — Es muß ſein! — In der Kirche ſollt ihr mich verſöhnt wiederſehen — aber anders — (geht raſch auf den Fluß zu. Andreas vertritt ihr den Weg).

Anderl.
Wo gehſt denn da hin, Hedwig?

Hedwig.
Anderl!? Was machſt Du da? Geh und laß mich allein — ich muß da auf meinen Vater warten.

Anderl.
Net harb ſein, Hedwig! Aber jetzt kann ich Dich da net allein laſſen. Ich hilf Dir warten.

Hedwig.
Geh nur — geh! es könnt dem Baron nicht recht ſein.

Anderl.
Ah, das macht nix; der ſoll mich gern haben.

Hedwig.
Aber ich will's auch nicht — geh nur, geh!

Anderl.

Schau, Hedwig — ich weiß, ich hab kein Recht auf Dich, nicht das mindeste, und es ist vielleicht auch meine Schuld, daß es so ist, und darum will ich mir net noch eine aufladen und weg geh'n, ohne Dir gesagt zu haben, was ich Dir längst hätt sagen sollen. Die Pflicht der Dankbarkeit gegen den Meister und gegen Dich verlangt jetzt, daß ich bleib und red. Schau Hedwig — Du mußt doch g'merkt haben, daß ich Dich gern hab, so gern, daß ich's gar net sagen kann, und wenn ich Dich net so unbändig gern hät, möcht ich Dir's jetzt an der Stell und zu der Stund net sagen; ich thu's nur, weil Du mir da auf dem Weg begegnet bist. Hedwig, das darfst Du dem alten Mann net anthun. An mir braucht Dir nix zu liegen, aber an ihm, der für Dich lebt und stirbt. Ihm brechet's das Herz.

Hedwig.

Ich kann nicht dableiben! ich kann nicht.

Anderl.

Das ist ja auch gar nicht nothwendig. Ich selber will Dich von da fort führen, wohin Du willst, weit weg, wo uns niemand kennt, und dort will ich Dich wieder zurecht bringen. Du brauchst Dich net zu fürchten, daß ich Dich mit meiner Lieb, die heut net kleiner ist als gestern, verfolgen werd. Du sollst nie was davon hören, außer es käm amal a Zeit, wo Du mir a bissl gut sein könnst, aber auch dann müßest Du selber davon anfangen, weißt so, wie ich Dir's heut Nachmittag g'sagt hab.

Hedwig.

Du weißt nicht, warum ich fort will, und daß sich das, was mich forttreibt, nie ändern wird, ob ich da bin oder wo anders.

Anderl.

Ich kann mir's schon denken, Hedwig — Gelt, es ist seit heut Abends? — Wie Du's Bild hast fallen lassen, hab ich alles g'wußt. Aber das macht gar nichts, Hedwig! Das hast Du net wissen können. Und wenn's Dir auch jetzt furchtbar vorkommt, wird doch die Zeit alles wieder recht machen, als wie, wenn nix g'wesen wär. Für mich und den lieben Herrgott bist Du jetzt ganz die nämliche liebe, liebe Hedwig, wie vor a paar Stunden. Und damit Dich niemand anderer sicht, der Dich kennt, und von dem Du net gern g'seh'n sein möchtest, machen wir uns gleich jetzt auf und geh'n miteinander durch, und damit der Meister keine Angst net hat, lass'n wir's ihm durch den Nächstbesten sagen, bis wir ihm genauere Nachrichten geben und wir miteinander ausstudiert haben, was wir ihm für an Grund angeben sollen.

Hedwig.

Anderl —

Anderl.

Ich werd wie ein Bruder zu Dir sein, und recht g'schaftig thun und fleißig umschießen für uns, und Dir das Leben wieder wert machen. Und damit Du moanst, daß net ich, sondern der Meister um Dich ist, werd ich mit einer Stimm, wie er, auf die verdammten neumodischen Sachen schimpfen und von der guten alten Zunftzeit phantasieren, wo's noch keine Sozialdominikaner geben hat, und wenn ich genug gschimpft haben werd, dann werd ich sagen, geh her Wickerl, hol mir a Krügel Bier, aber a Lager, den neumodischen Fensterschwitz mag i net. Und wenn das alls nix nutzt und Du den Meister net vergessen kannst, dann lassen wir ihn amal kommen und dann ist alles wieder, wie's früher war. — Willst Hedwig? — Geh! sag ja! Das ist a kleins Schiffl, groß g'nug für uns zwei und unser bissl Freud und Load, und a Platzl für unser künftiges Glück ist a noch drinn — und da setzen wir derweil den Herrgott hin, daß er mit uns fahrt, und der wird uns net verlassen und alles wieder gut machen. Willst Hedwig? Willst?

Hedwig.

Ja Anderl! Mit Dir wag ich's!

Anderl

(ganz selig).

Ja?! Ja?! — Jetzt geht die Uhr recht! Jetzt geht die Uhr recht! Jetzt wird alles wieder gut werden! Komm nur! komm! Aber bevor wir überfahren, muß ich Dir doch noch gschwind auf d e m Boden da sag'n, was ich Dir schon längst hätt sagen sollen, nämlich: daß ich Dich ganz unbändig gern hab, und daß Du mir seit heut noch um viel tausendmal lieber bist, wie früher. Ich sag Dir das nur, damit Du's weißt, wenn Du epper amal drenten davon anfangen wolltest. Was ich Dir heut Nachmittag von den Eigenschaften meiner künftigen Braut g'sagt hab, nämlich, daß ich mit a bißl Liab net z'frieden wär, das brauchst Du net so zu nehmen. Eine andere als Dich möcht i net ohne Gleich und Gleich in der Liab und in Allem, aber für Dich gilt das net. Dich muß ich gern haben, ob ich will oder net, denn meine Liab zu Dir gehört so eng zu meinem ganzen Wesen, wie's Kirchl zum Dorf, wie's Gras zur Wies'n, wie der Blumenduft zur Blume, wie der Vogelsang zum Wald und wie das Licht und die Wärme zur Sonne. Ohne Deiner wär die Welt mir leer und das Hoametl, das i mir einbildt hab, keine Hoamat net. Dir gehör ich an mit Leib und Seel, für Zeit und Ewigkeit, und i laß net los, bis Du mein ghörst, ob nun da oder drenten in der andern Welt, wo wir alle gleich sein und uns kein Unterschied mehr trennt. — So — und jetzt fahren wir halt in Gottes Namen über's Wasser, grad auf unser Glück zua. Komm nur! Komm! Steig ein! Vorwärts! — So! — Pfiat Gott Vergangenheit!

(Stößt den Kahn vom Ufer ab, rudert hinaus und singt mit freudetrunkener, wenngleich gedämpfter Stimme vor sich hin).

Seit dera Zeit rollt Tag und Nacht
Und Lust und Load vorbei,
Und ist der Winter noch so kalt
Folgt doch amal der Mai.
Was grünt und blüht und lebt und liabt
Braucht Sunnenschein und Schatt'n;
Im grauen G'stoan lacht doppelt hell
Das Grün der Matt'n.

7. S c e n e.

(Wenn das Lied verklungen und der Kahn mitten im Fluß ist, tritt Leonhard auf den Balkon heraus. Im selben Augen=

blick klingt von der Orgel des Kirchleins ein feierlicher Weihnachtschoral durch die Mitte der heiligen Nacht über das Wasser herüber). Hedwig sitzt im Schifflein und faltet andächtig ihre Hände. Das Mondlicht fluthet voll herab).

Leonhard.

Eins von uns beiden muß weg. Ich bin der Schuldige. Es sei!
(Schießt sich in die Brust und fällt rücklings auf das Geländer, daß sein Oberkörper herab hängt. Die rechte Hand umklammert die rauchende Waffe).

Hedwig

(aufspringend und besinnungslos in's Wasser laufend)

Leonhard! Leonhard! — — — Leonhard!

Anderl

(springt auf und will sie fangen, dabei entfällt ihm das Ruder, das Boot dreht sich im Kreis).

Hedwig! Um Gotteswillen! Hedwig! Hedwig!

(springt ihr entschlossen nach und ringt mit den Wellen)

Hedwig! Hilfe! Hilfe! Hilfe!

(verschwindet, des Schwimmens unkundig, zeitweilig unter dem Wasserspiegel, so oft er emportaucht ruft er):

Hedwig! Hilfe!

Baron

(in der Balkonthür erscheinend und sich auf Leonhard werfend):

Leonhard —! Leonhard —!

Helene

(erscheint dicht hinter ihrem Vater in einem weißen Nachtgewand mit einem Leuchter in der Hand, läßt denselben beim Anblick Leonhard's fallen und sinkt mit einem schwachen Aufzurück. Der Baron läßt Leonhard los, fängt Helene auf und trägt sie in's Haus. Während dieses Vorgang stürzt Voglhuber unten aus der Hausthür, läuft gegen den Fluß zu und eilt auf die letzten gurgelnden Hilferufe Anderl's stromabwärts und ruft verzweifelt):

Hedwig! Hilfe! Hedwig! Hedwig! Hedwig!

(Die Rufe verhallen in der Ferne, Die Bühne ist leer. Leonhard allein. Ein kurzes Todeszucken geht durch den schlaff herabhängenden Körper. Der Revolver fällt polternd auf die Bühne herab. Der Vorhang fällt).

E n d e.